JN208518

新天理図書館善本叢書 23

# 奈良絵本集 一

八木書店

# 例言

一、本叢書は、天理大学附属天理図書館が所蔵する古典籍から善本を選んで編成し、高精細カラー版影印によって刊行するものである。
一、本叢書の第四期は、奈良絵本篇として、全八巻に編成する。
一、本巻には、『天神縁起絵巻』『八幡大菩薩御縁起』『鼠の草子絵巻』『鼠の草子絵巻 別本』『やひやうゑねずみ』の五点を収めた。
一、巻子装のものについては、各頁の柱に書名等を略記し、料紙の紙数を各紙右端の下欄に表示した。
一、冊子形態のものについては、各頁の柱に書名等を略記し、墨付丁数と表裏の略称（オ・ウ）を表示した。
一、解題は、石川透氏（慶應義塾大学教授）・恋田知子氏（国文学研究資料館准教授）・齋藤真麻理氏（国文学研究資料館教授）が執筆し、本巻の末尾に収載する。

平成三十年十二月

天理大学附属天理図書館

# 目次

# 天神縁起絵巻

天神縁起絵巻　表紙

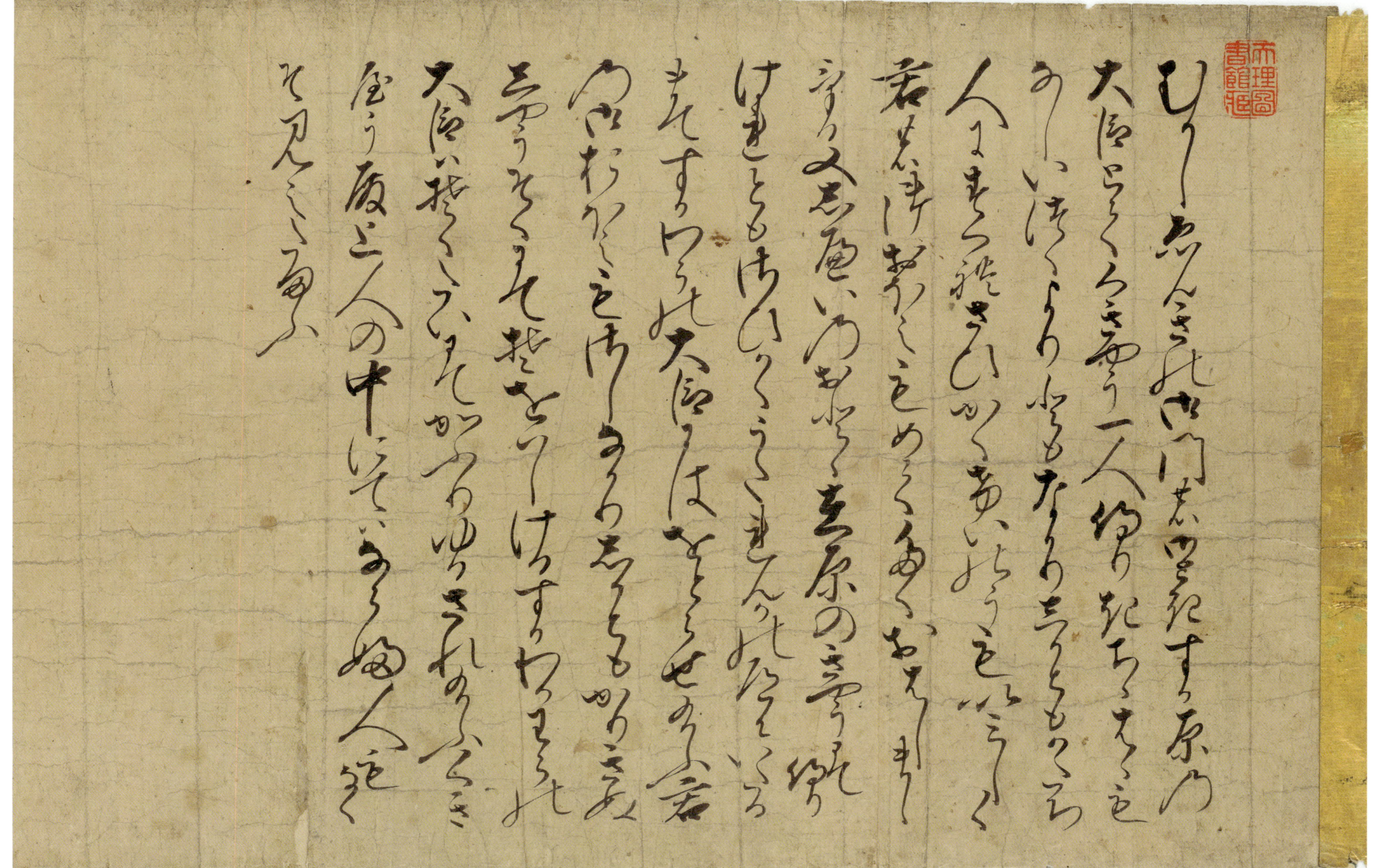

（2）　（1）

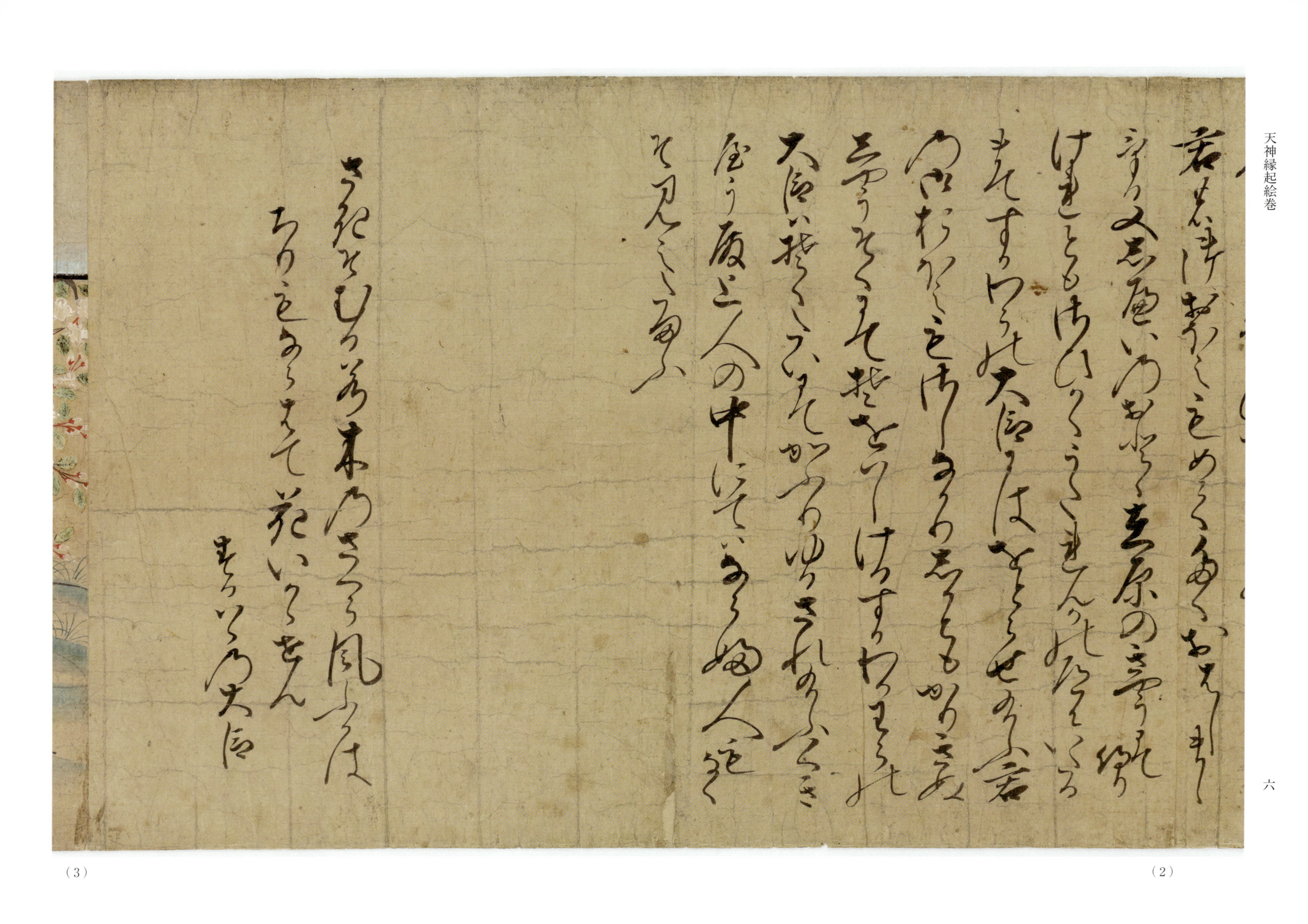

（２）

（３）

（4）　　（3）

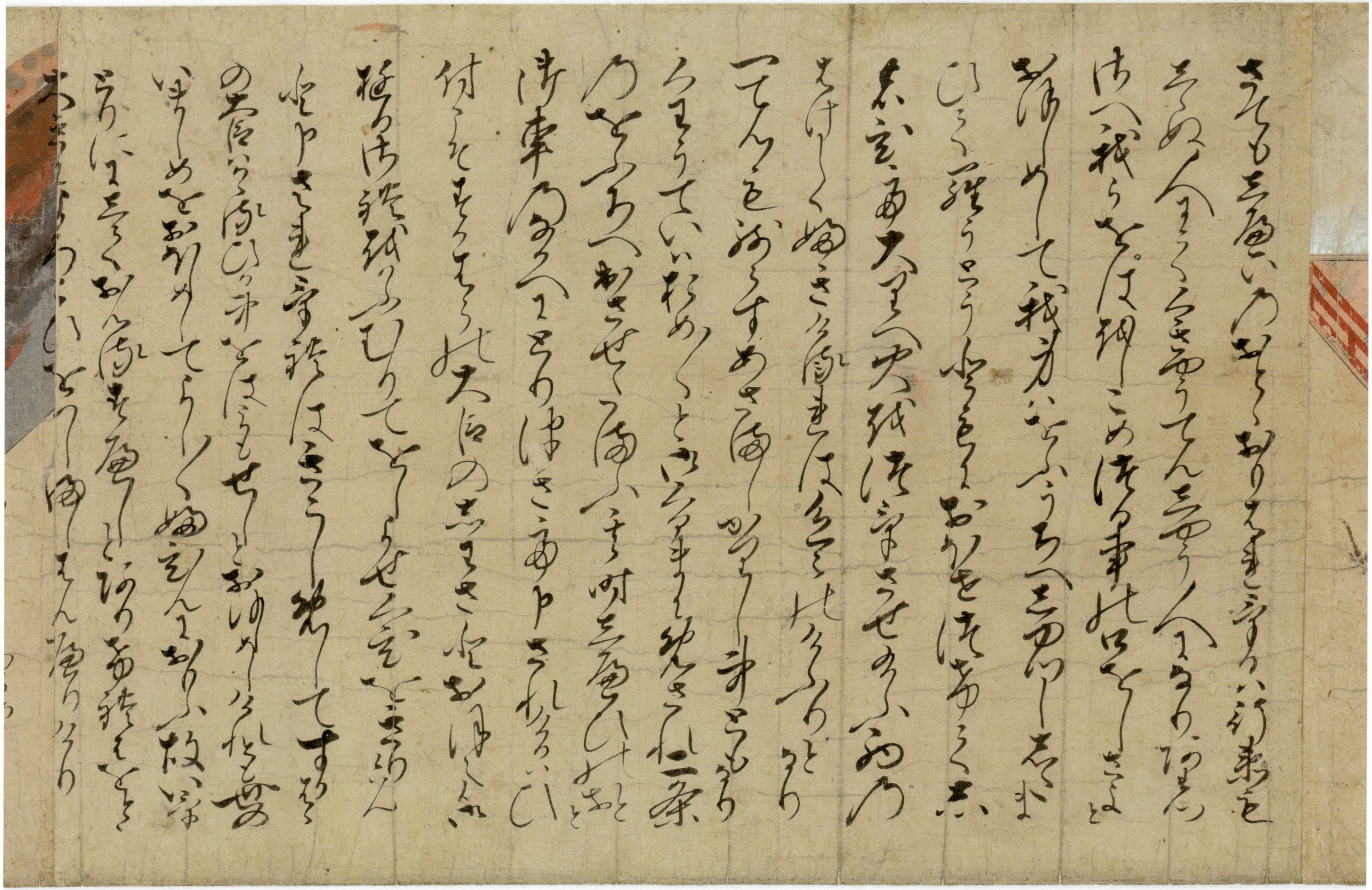

（５）　（４）

（6）　（5）

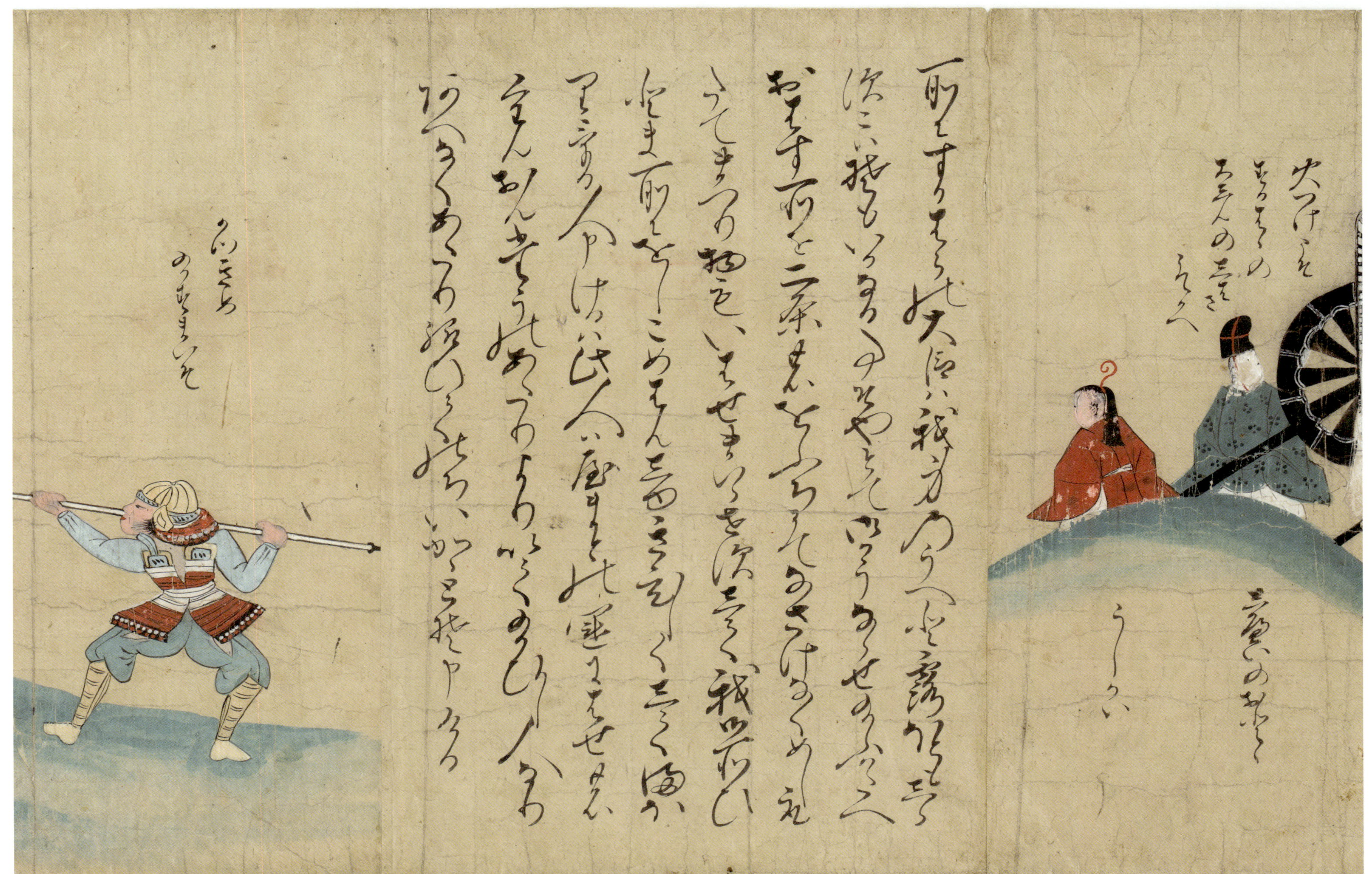

（8）　　（7）

(9)　(8)

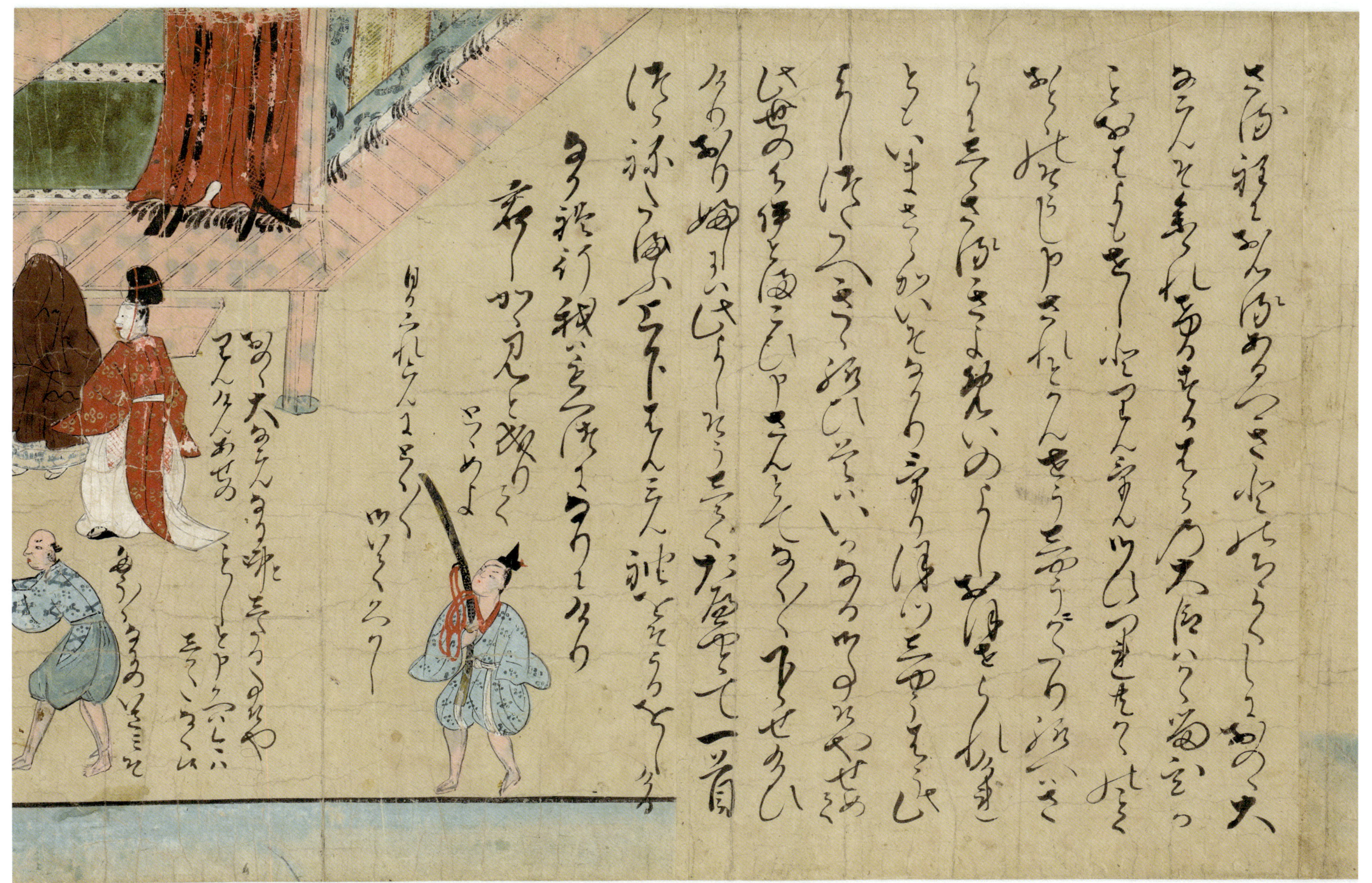

（10）　（9）

（11）　（10）

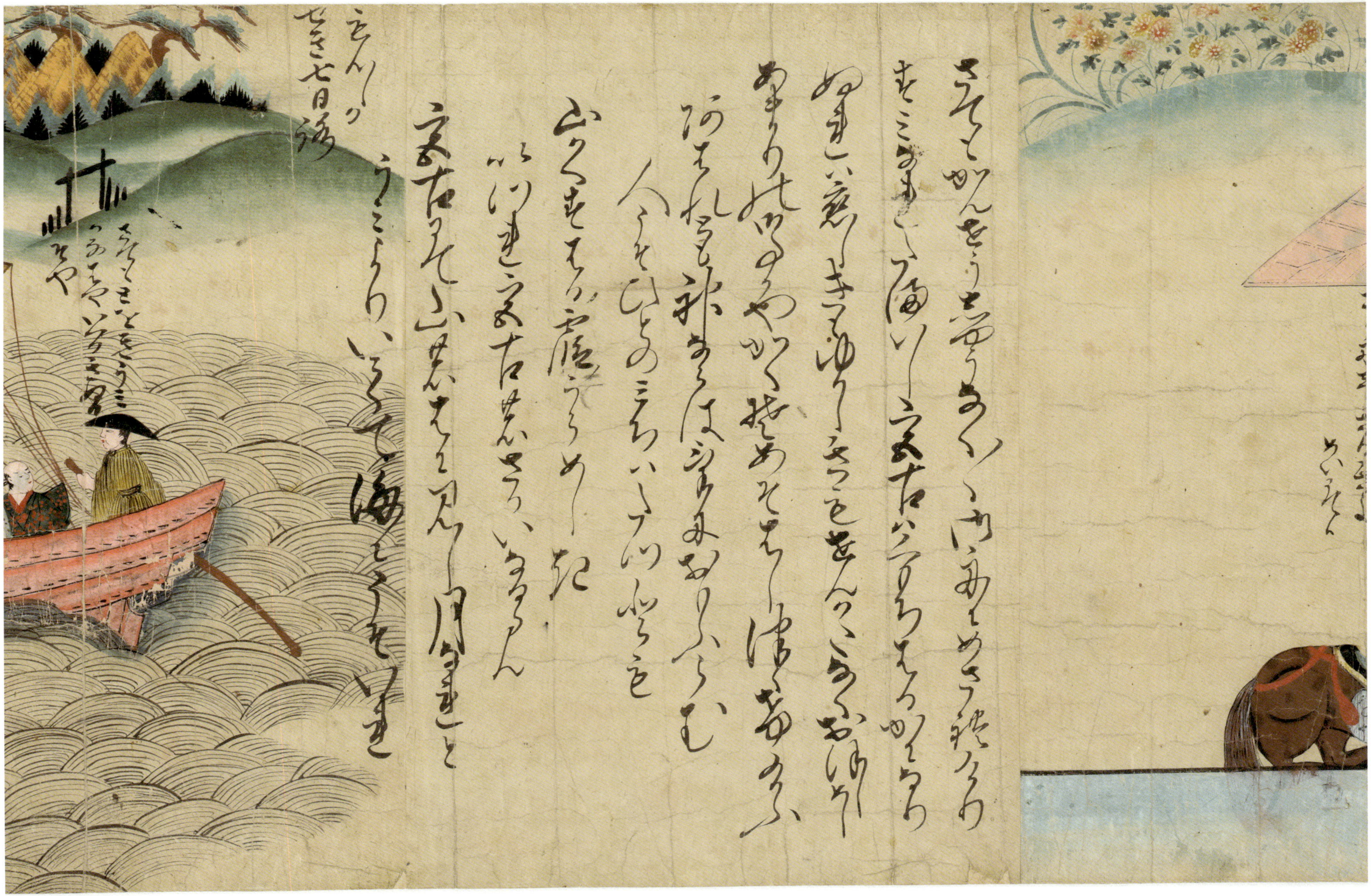

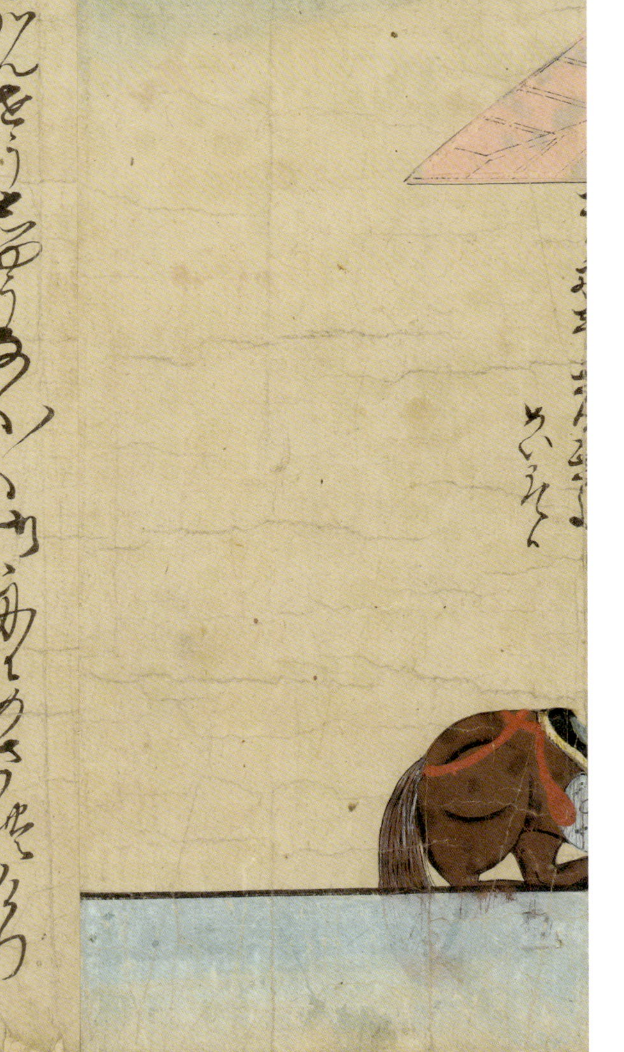

(12)

(11)

(13)　(12)

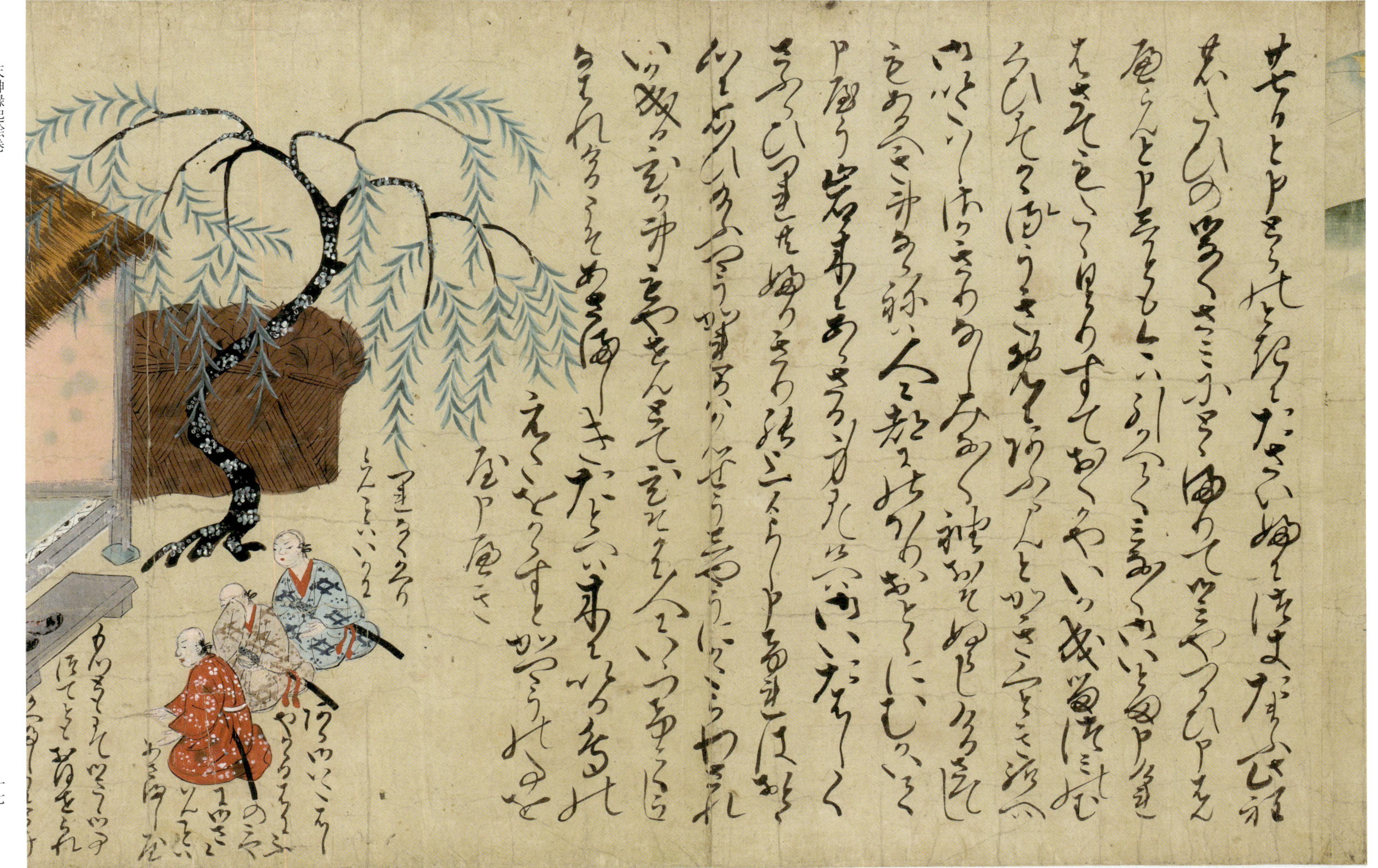

（14）　（13）

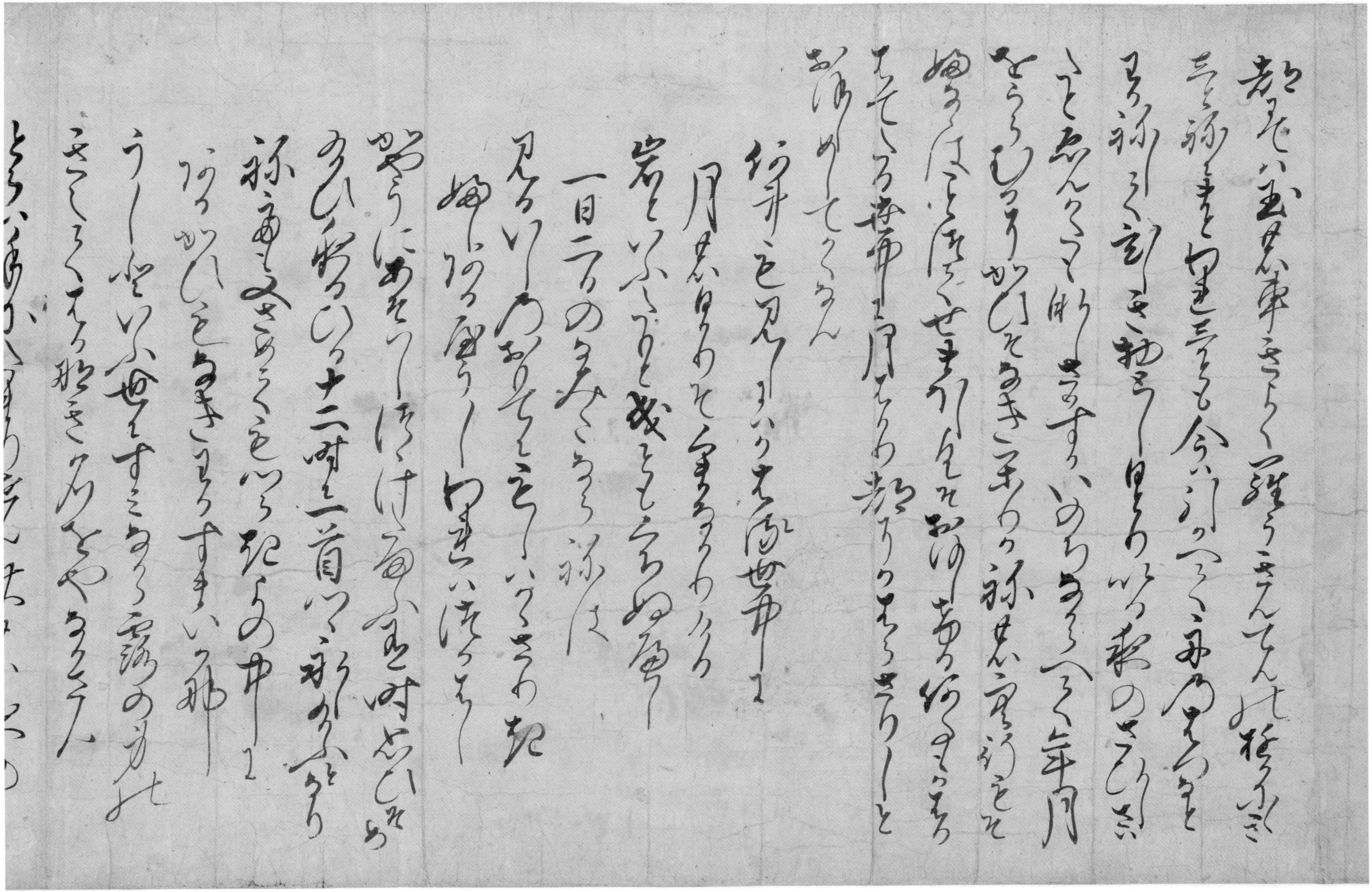

（16）　（15）

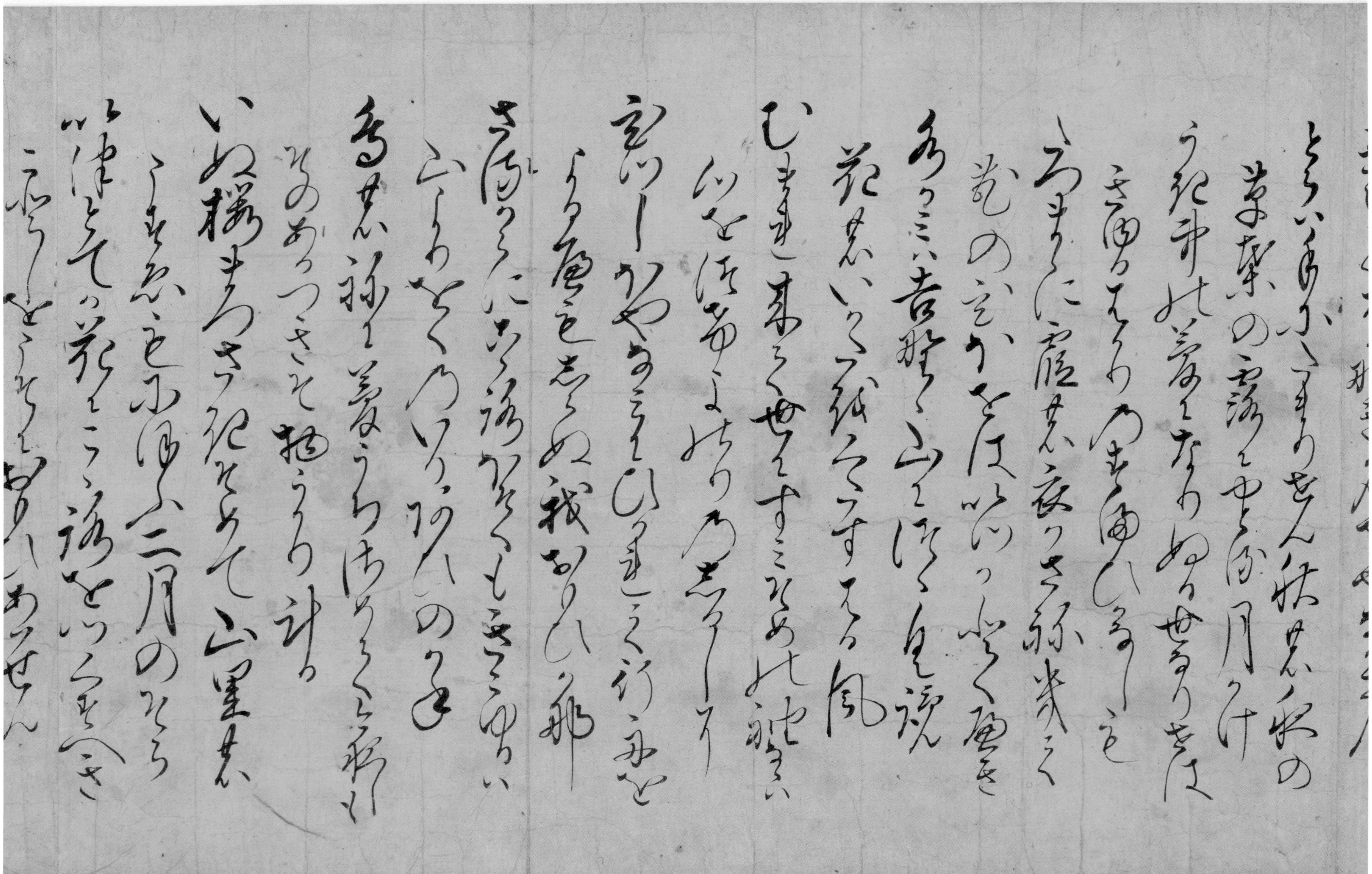

（17）　（16）

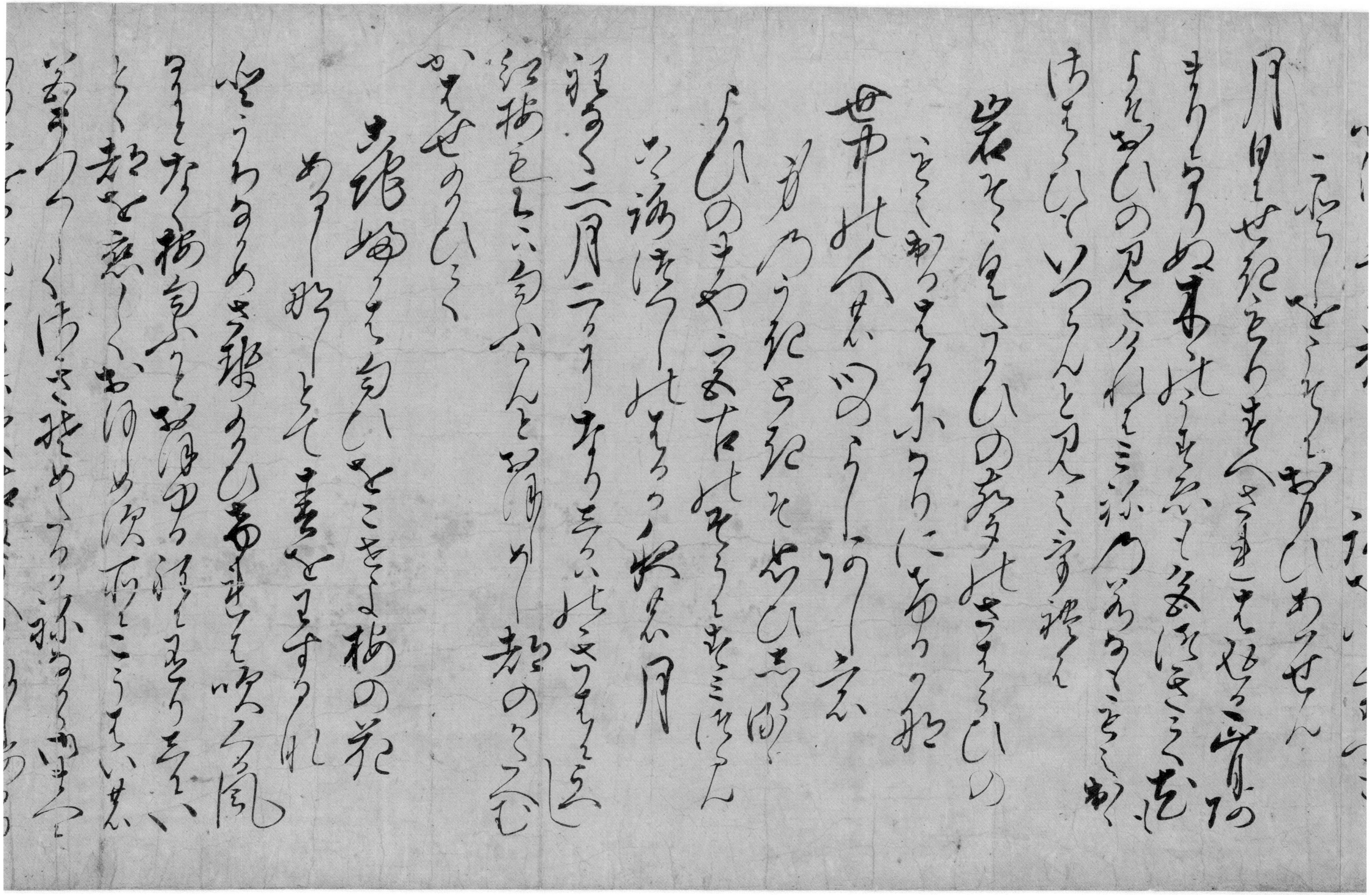

(18)

(17)

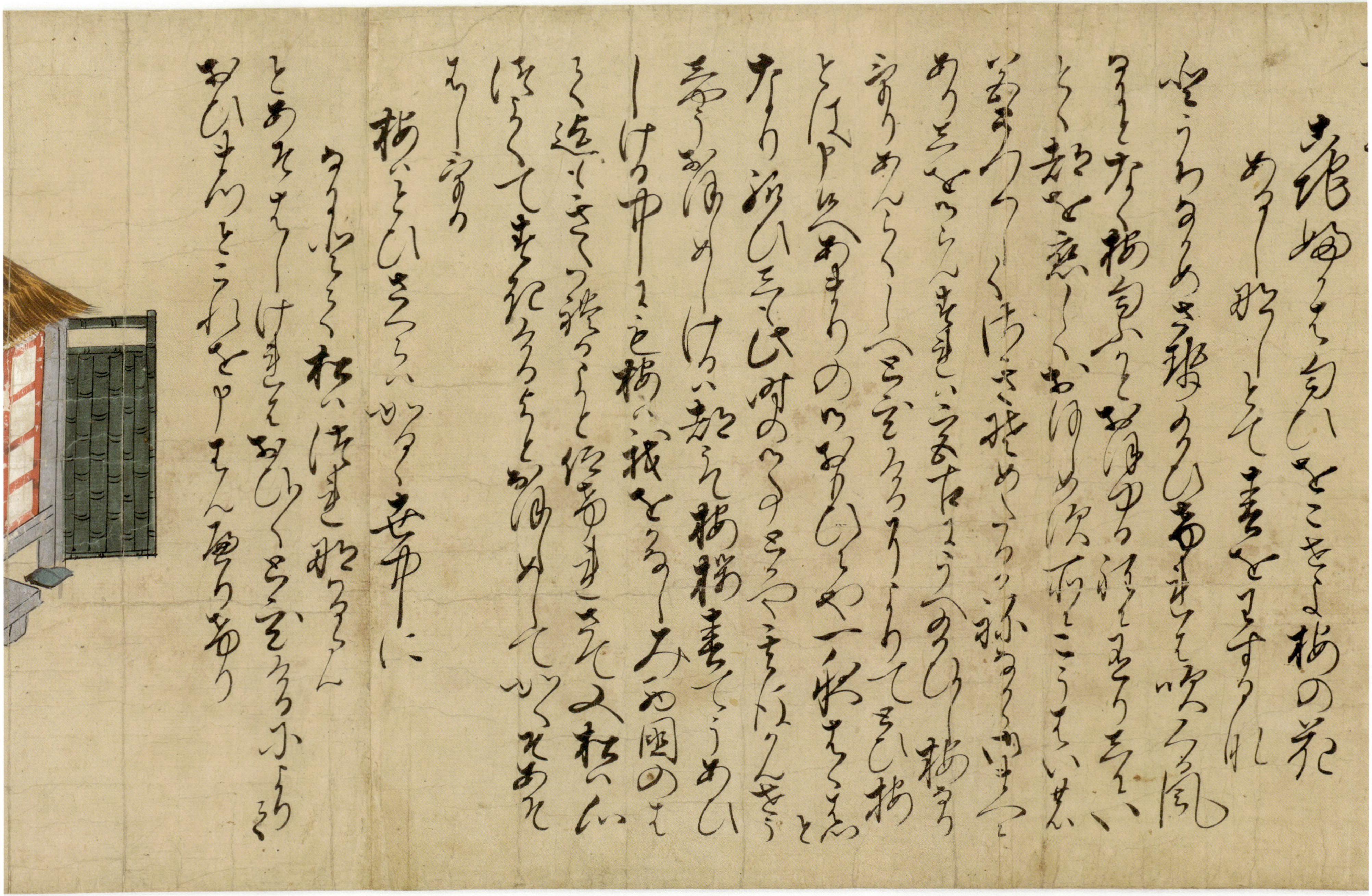

（19）　（18）

(20)　(19)

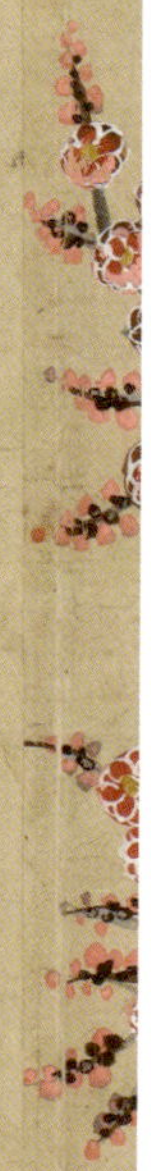

[illegible]

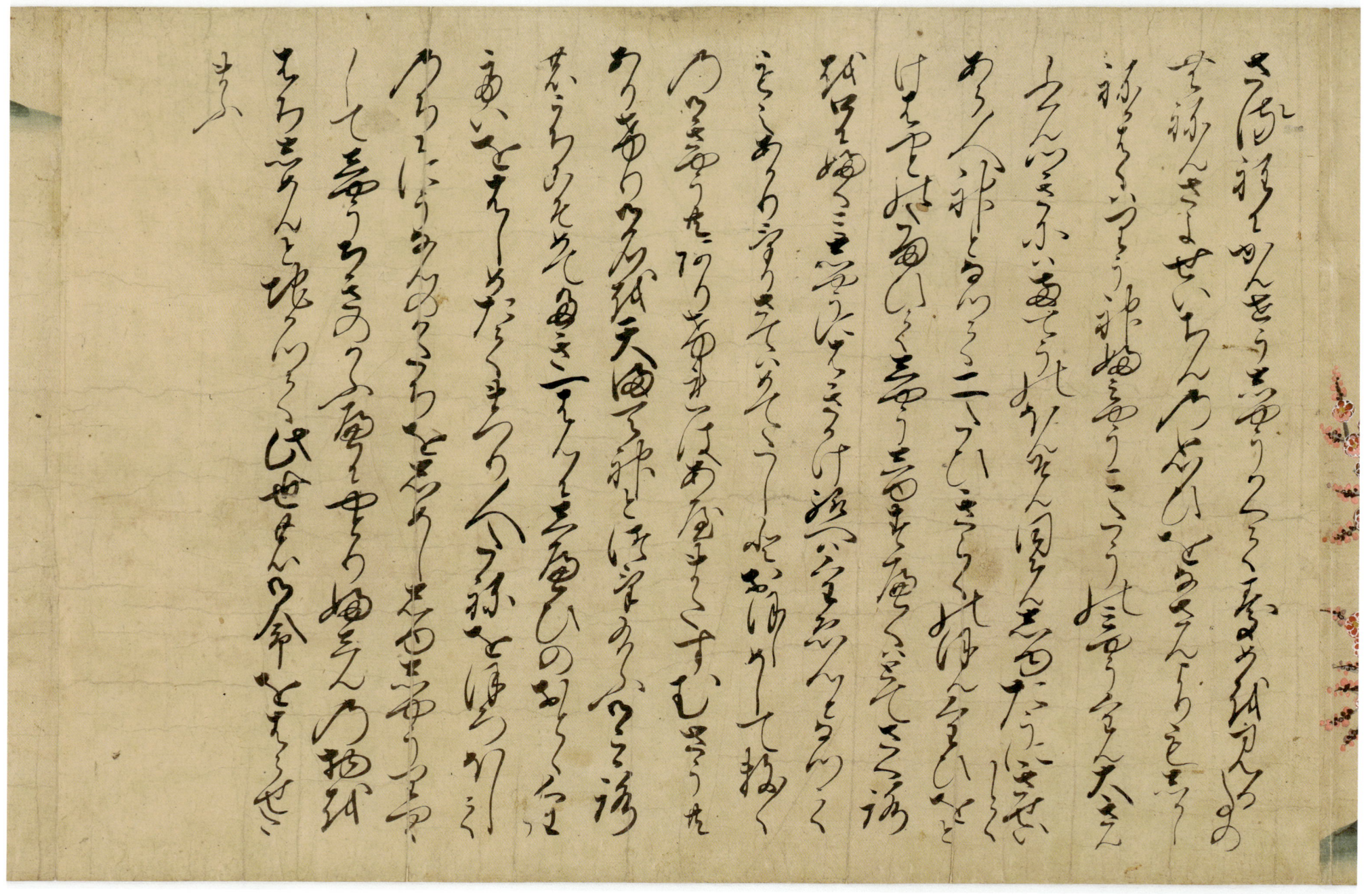

（22）　（21）

(23)

(22)

(24)　(23)

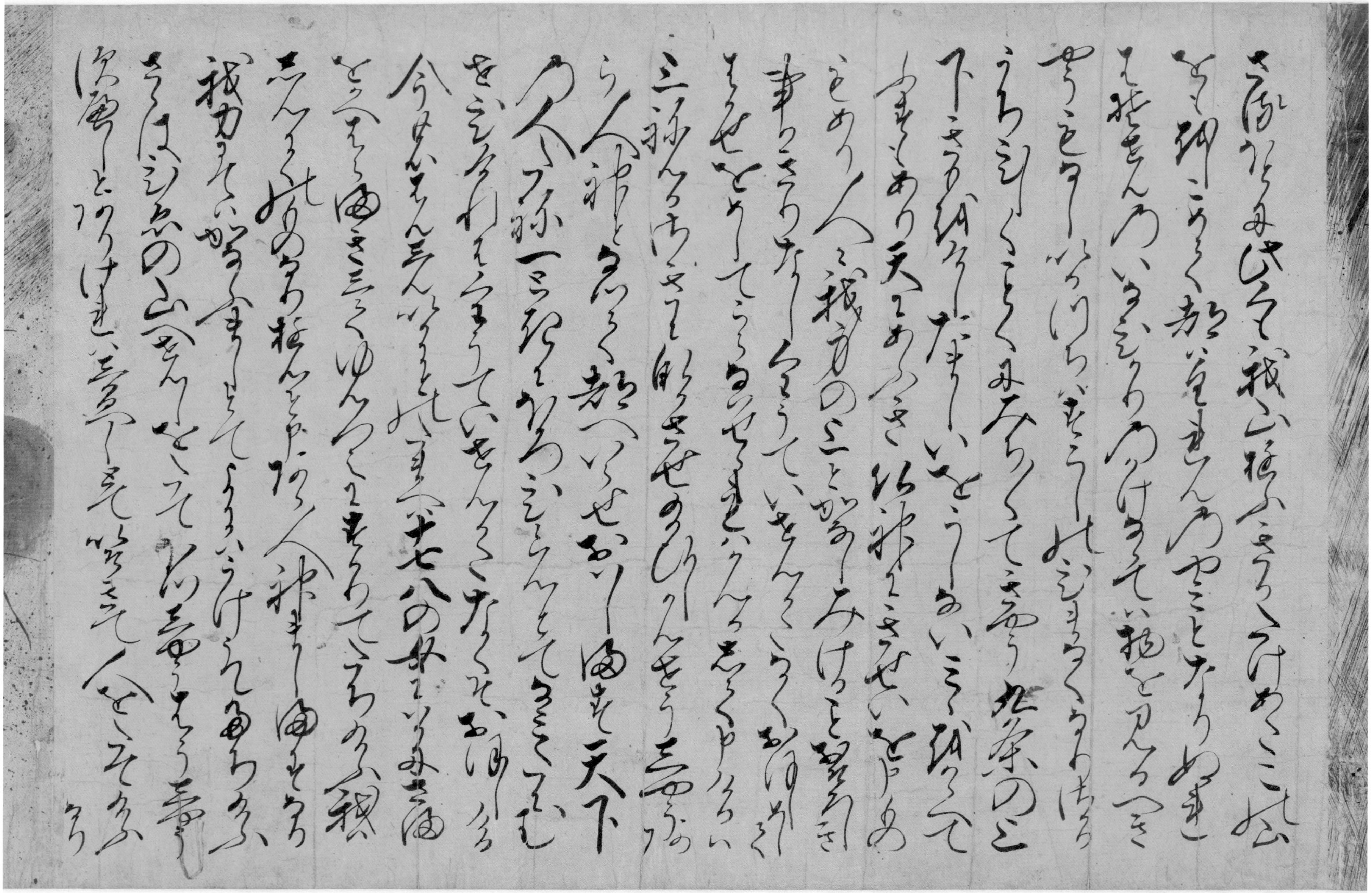



(25)

(24)

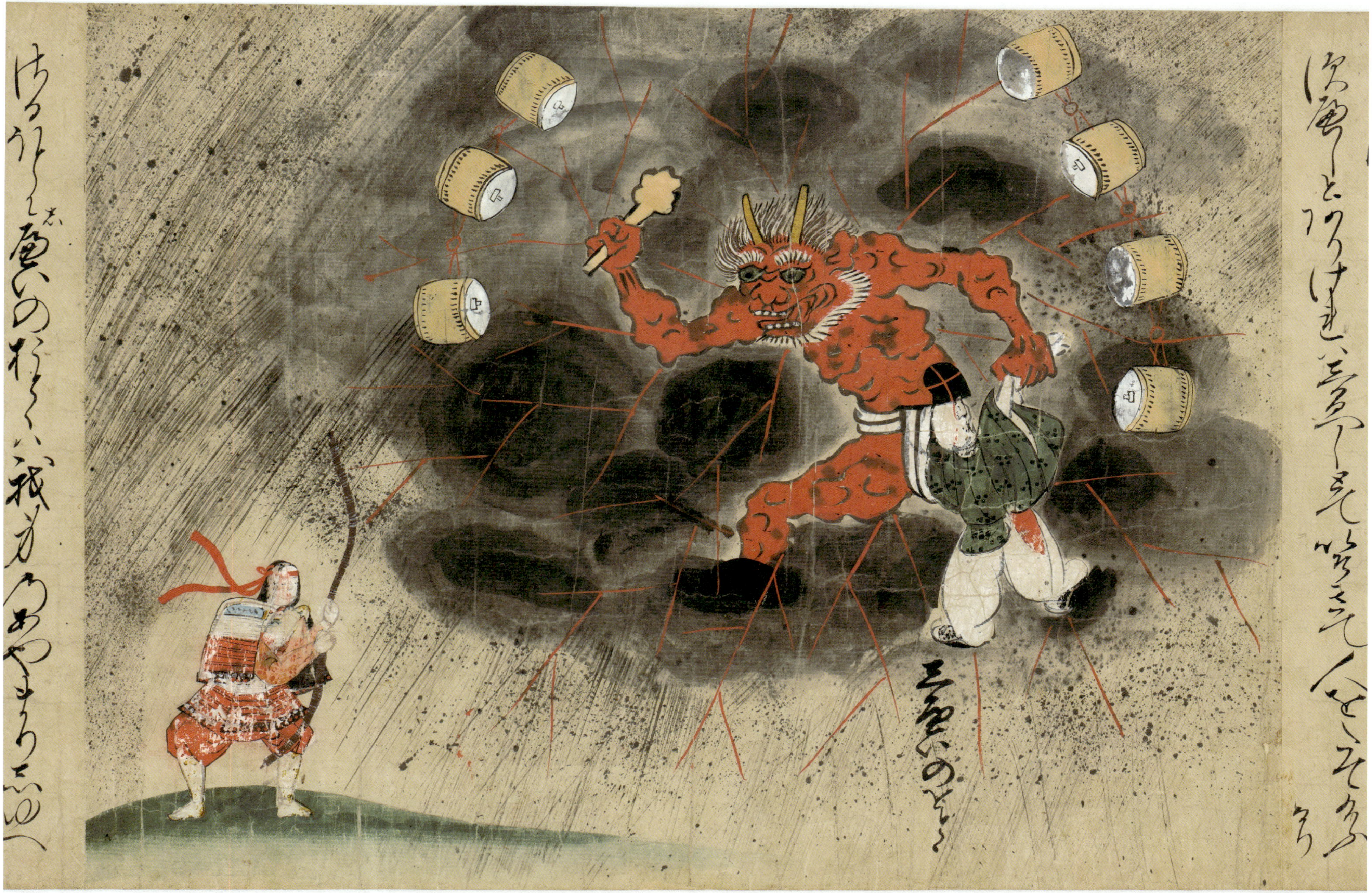

(26)　(25)

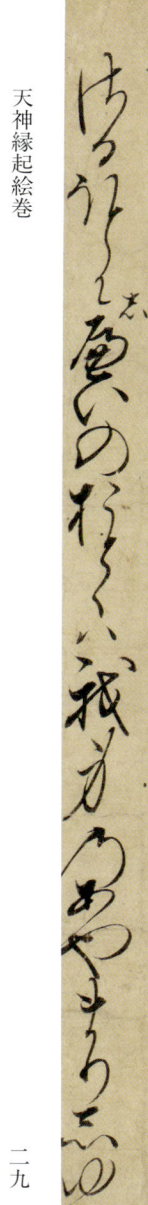

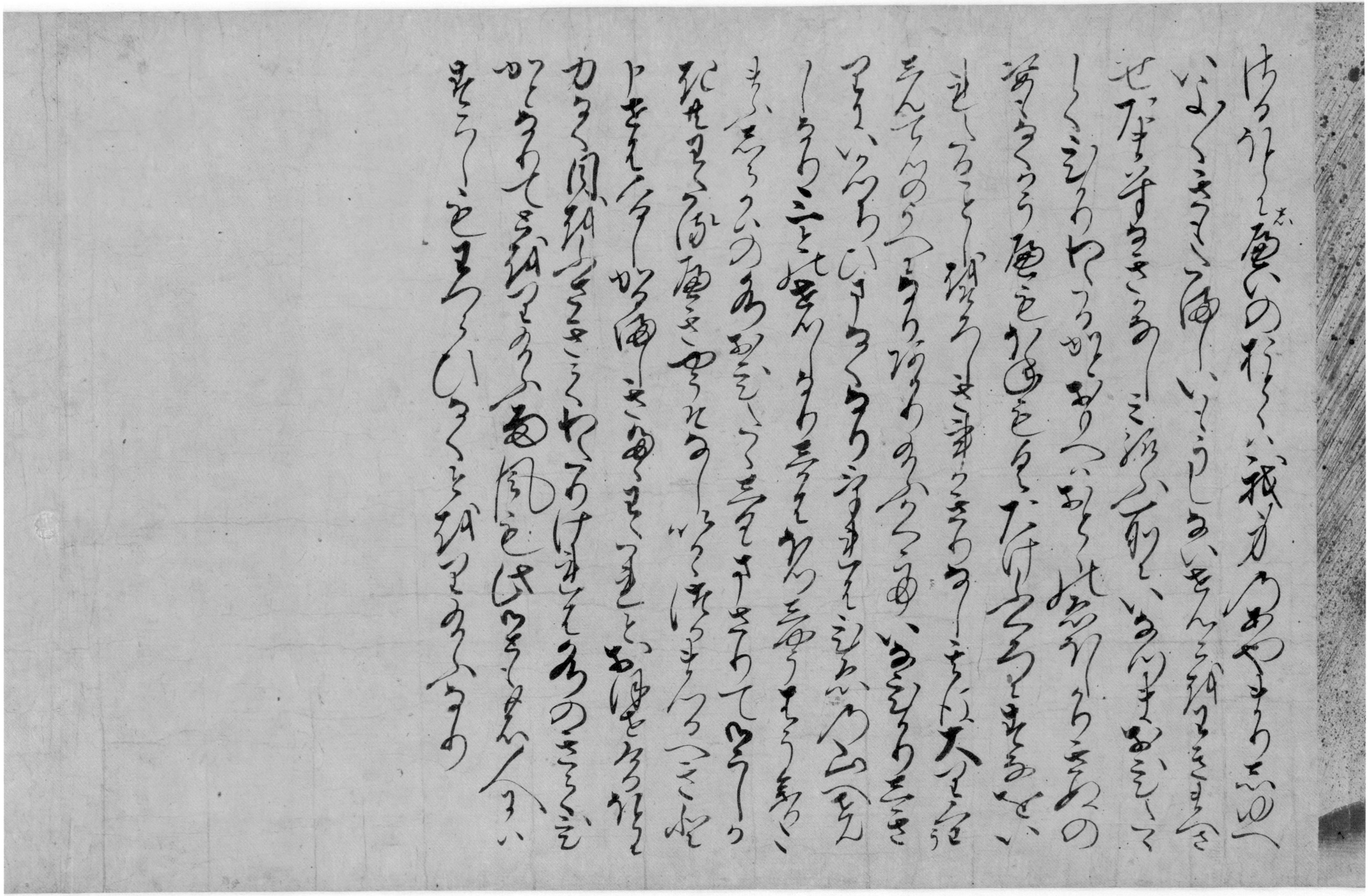

(27)　(26)

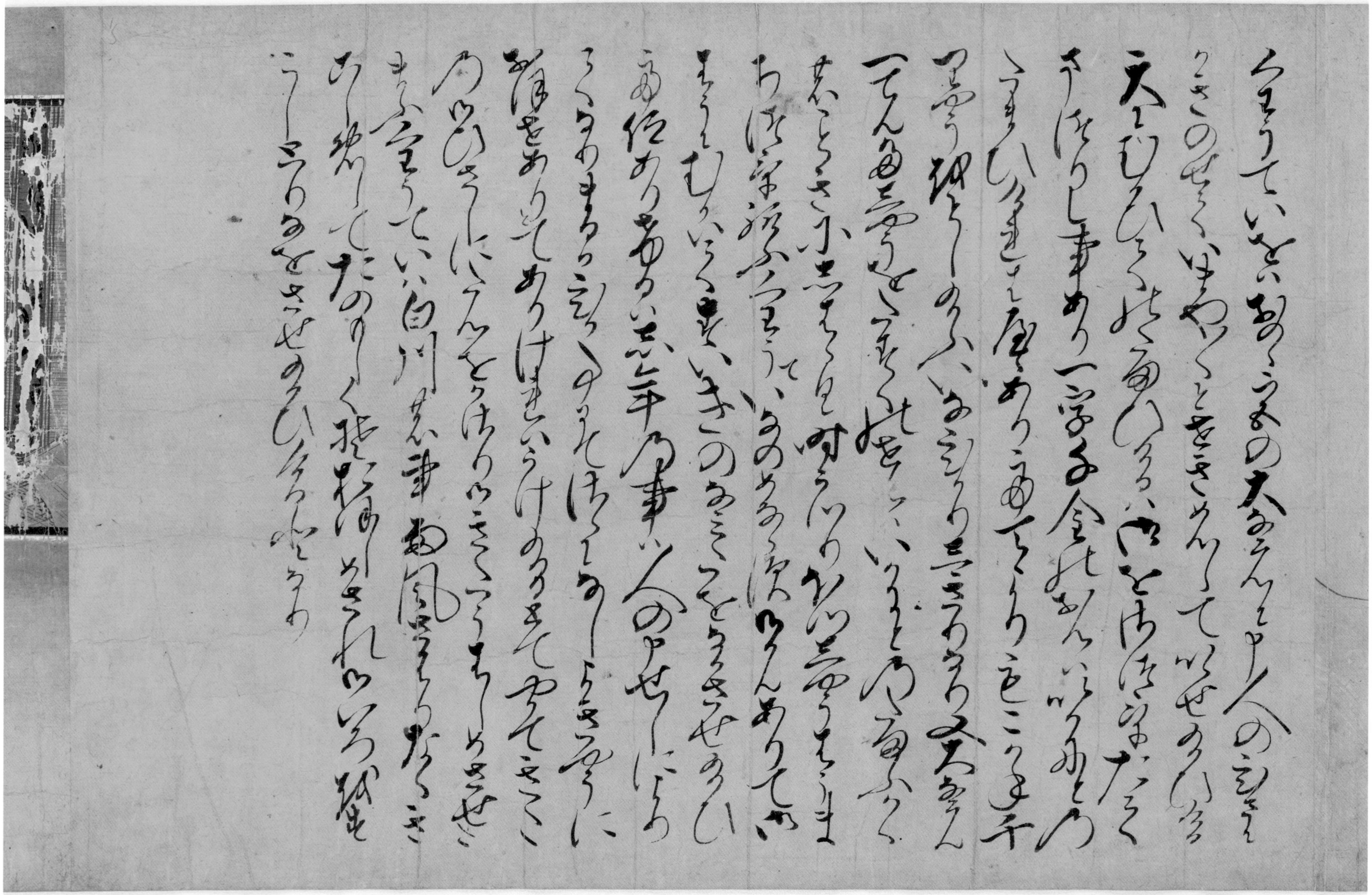



(29)

(28)

（30）　（29）

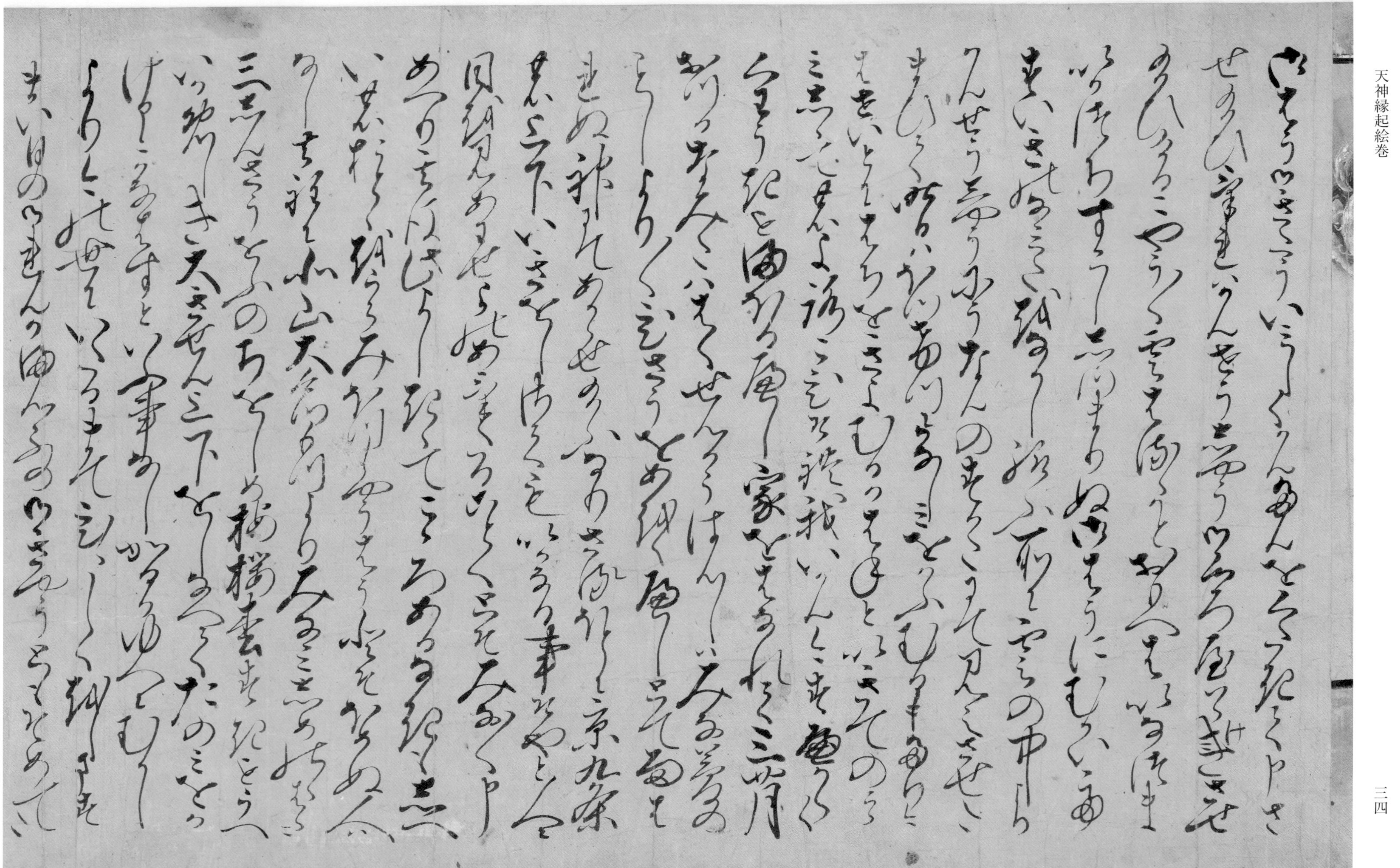

（31）　（30）

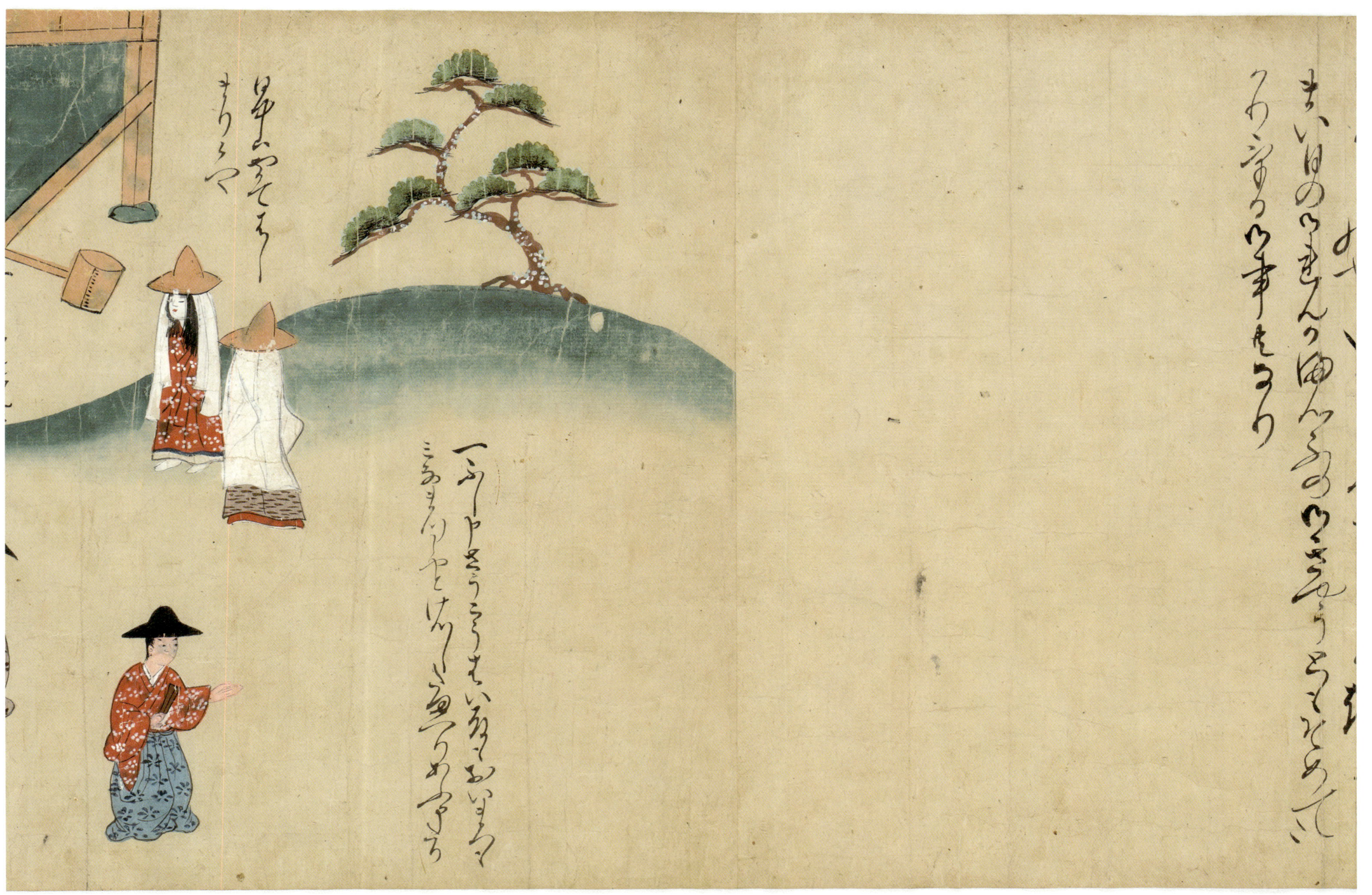



(32)

(31)

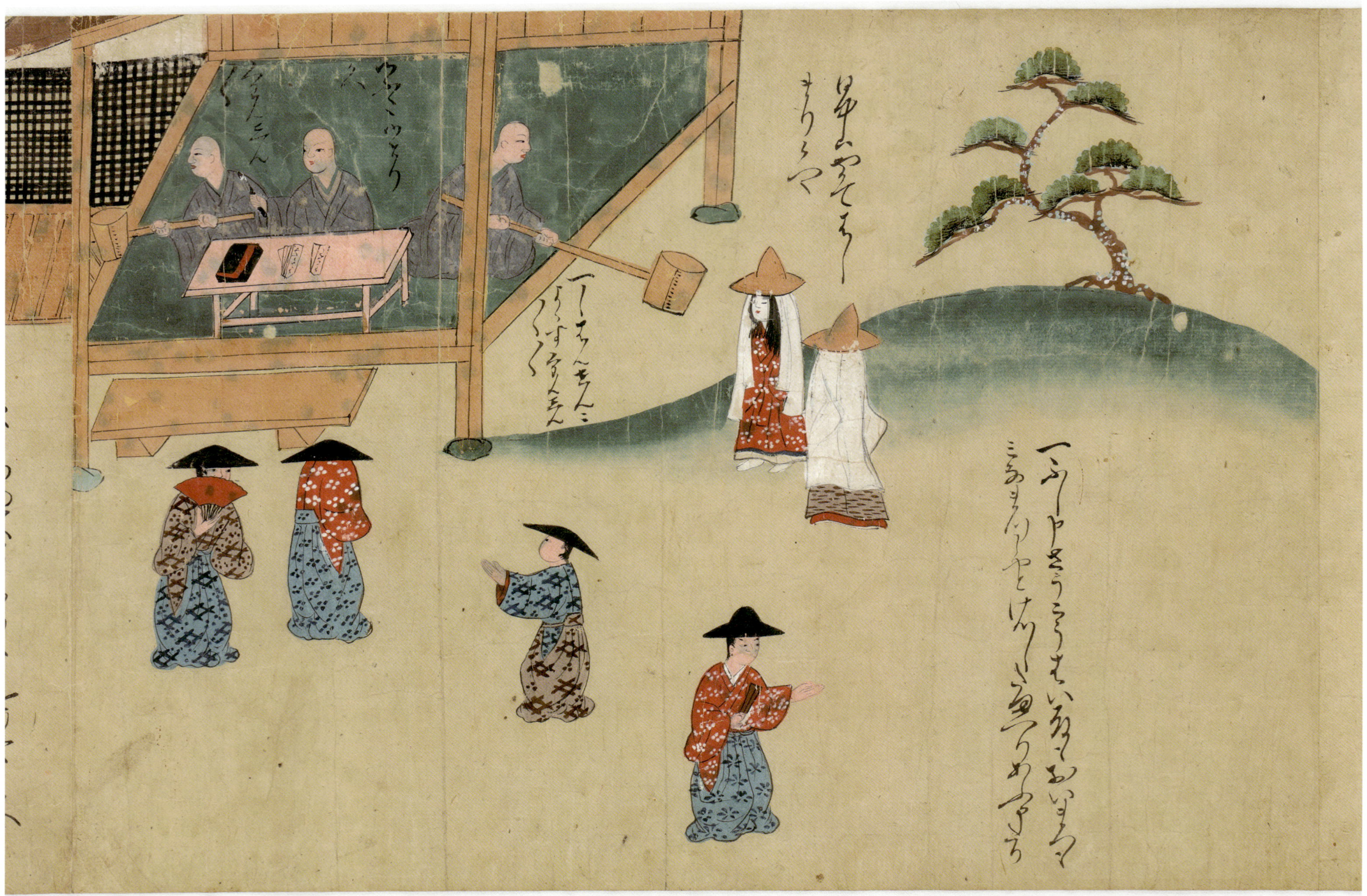

# 八幡大菩薩御縁起

八幡縁起
9135
1381
1

# 八幡大菩薩御縁起

夫我朝秋津嶋豊葦原中津国ハ首
天神七代地神五代已上十二代ハ皆
神乃御代也彼地神第五ハ神彦波瀲武
鸕鷀草葺不合尊乃第二御子神武
天皇と申奉人代乃始也彼帝より
以来人王十六代の御末応神天皇と申
は今此八幡大菩薩の御事也御父仲
哀天皇の御宇二年癸酉新羅国より
夷敵此軍兵競来て日本を討取
らんとす天皇議説し給く皇后乃
御懐妊の王子をし男子ならは海さ
八龍王也娑竭羅龍王の女子ならは地主
し海さし龍王也底のちから皇后に而

仲哀天皇御宇九年庚辰二月六日於筑紫崩御

宮小祝有て崩御の羅尤を諷誦し奉る小鎮

新羅百済高麗を討随へ先小祝農

西戎治し時羅尤□をおせ給ひて

御れ徳わりけり我は天通我て力副

彼国乃齢と我て我国を妻像

先徳へと金事治かふり雲小

花くと老人曰彼乃老翁一人

未小た向く何小々老人やと

老人答曰告新羅百済を打渡

と思食たる世小付為を御前を

御力わをたり奉んをて也

と申て時皇后御公中小悪食長様ト

老人乃弟をして我力小戎の庫より

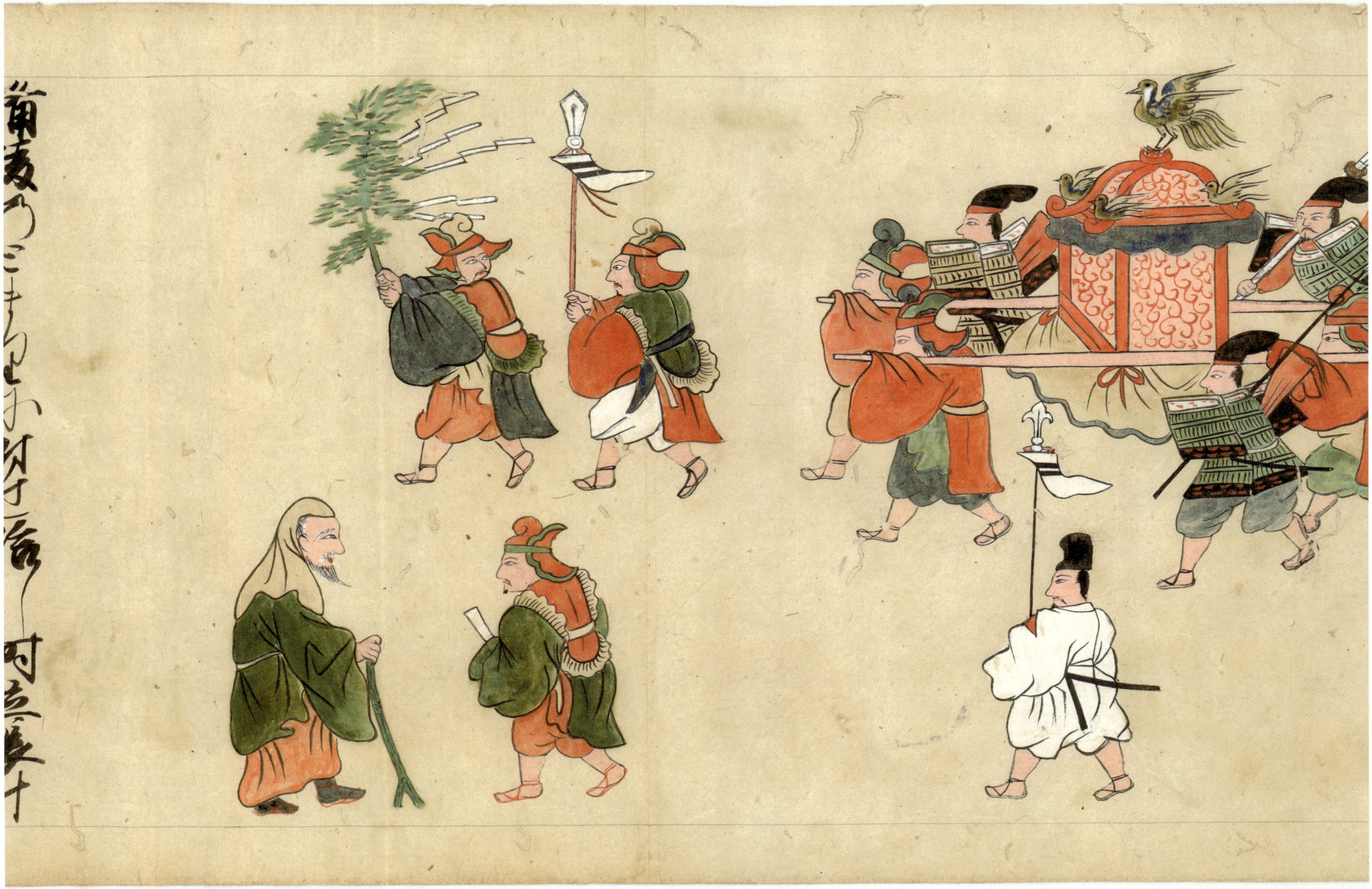

（4）

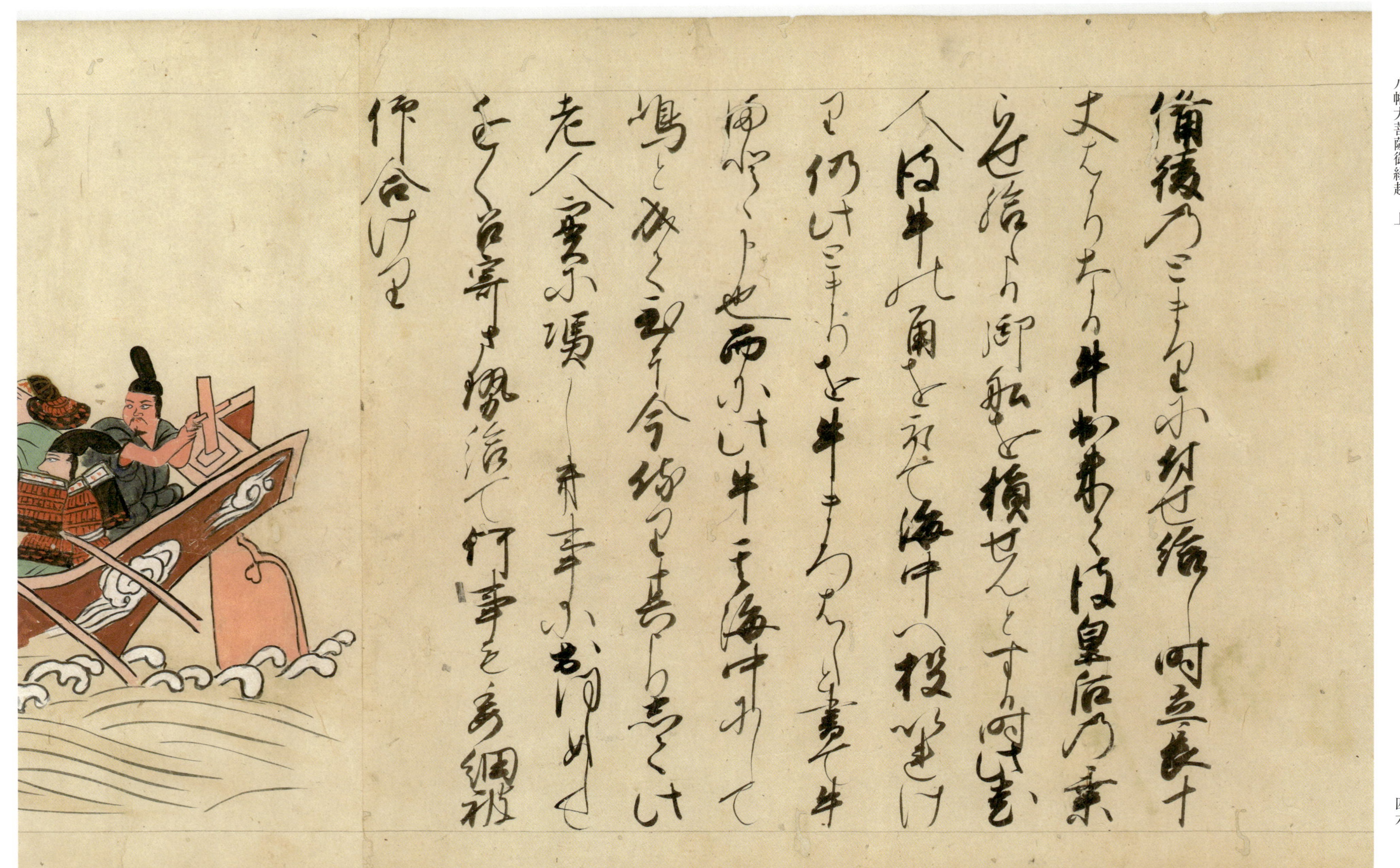

備後乃こまとに付せ給ふ時身長十
丈ばかりなる牛出来て皇后乃乗
らせ給ひける御船を損せんとする時に老
人彼牛の角をとりて海中へ投げ
入給ひけりこれよりぞ牛まろびと書て牛
窓とよぶ也而ふさし牛海中にて
嶋と成て其今絲つともちらさし
老人乃寧ふ顕し未年ふ始めて
多く宮寄させ給ひて行事を多細被
仰合けるを

て舟をよらしめかけて其のゆゑは
船のこまかは一人して異中へ押出や
しけるに何ゆゑ皇后宣しきやうは
かくしけり豊前の国船木山の木を
きりて守佐那と七船四十八艘造て
てすかつら鹿嶋にて乗船の軍兵
一千三百七十五人なり大将軍には住
吉弁高良乃大臣也梶取には鹿嶋の
大明神也時に皇后異国へ渡らせ給ふ
なかに蓋屋（アミヤ）の津に付せ給ひしに弁才
まゐりて漁老人あら藻をとりけるか
しくしたりて財付けれは皇に承せ
た珍寶をとり君乃為に十丈なとりてう
おかし御を物ともなしけれは相通しき
て皇后にいへと申さしてかくして御うた
まさつなりけれ何かけれは

（8）

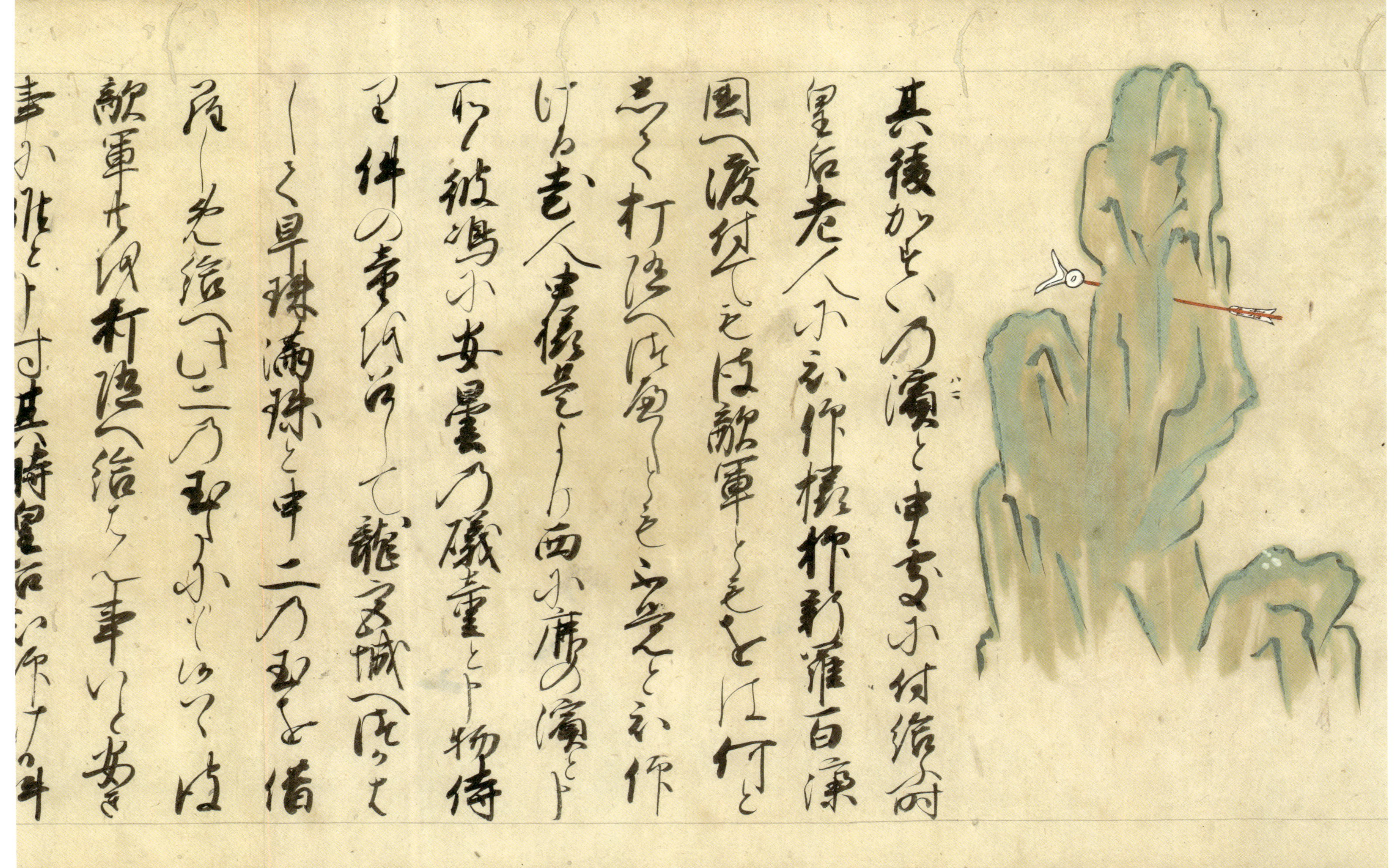

（9）

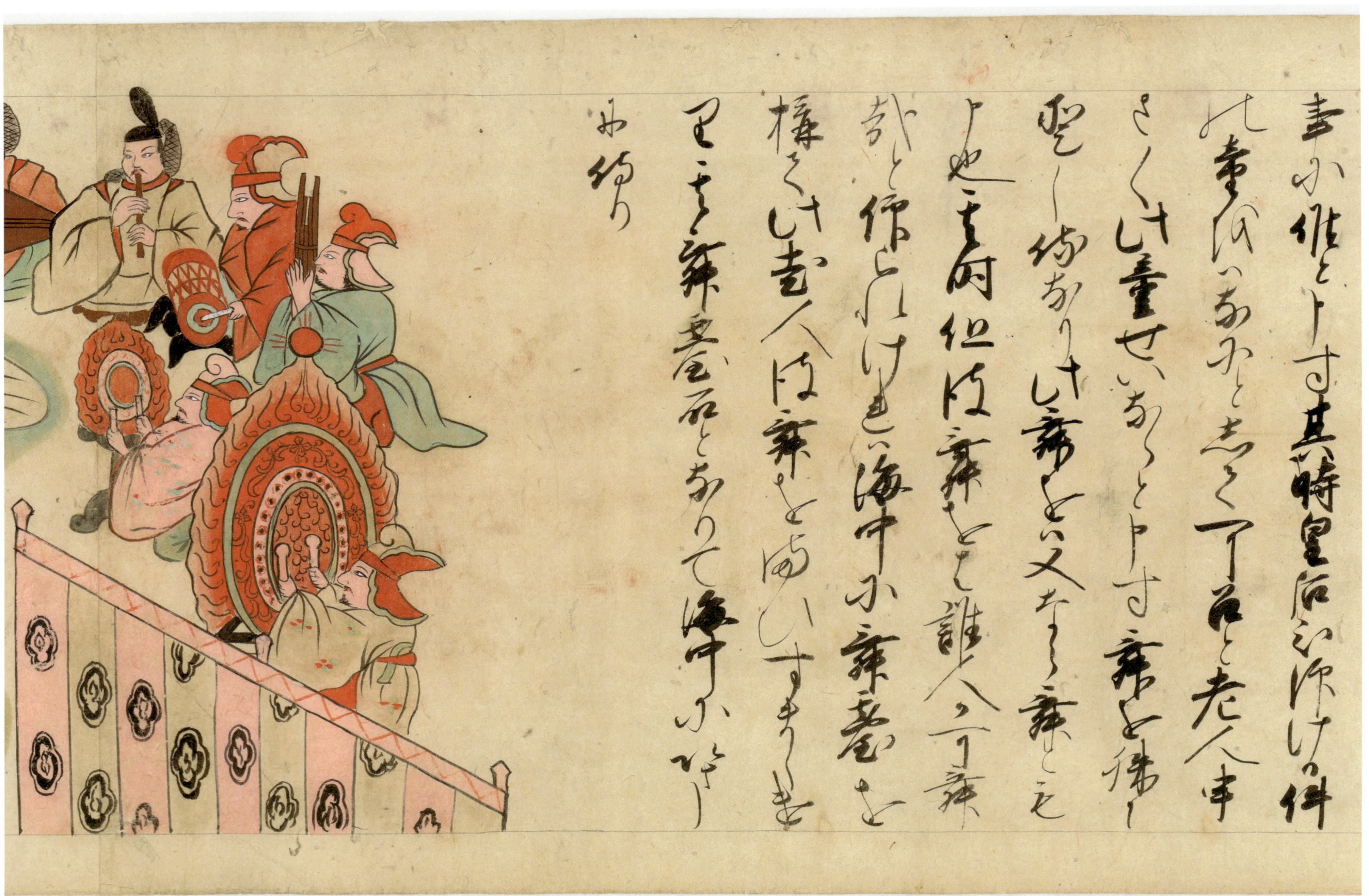

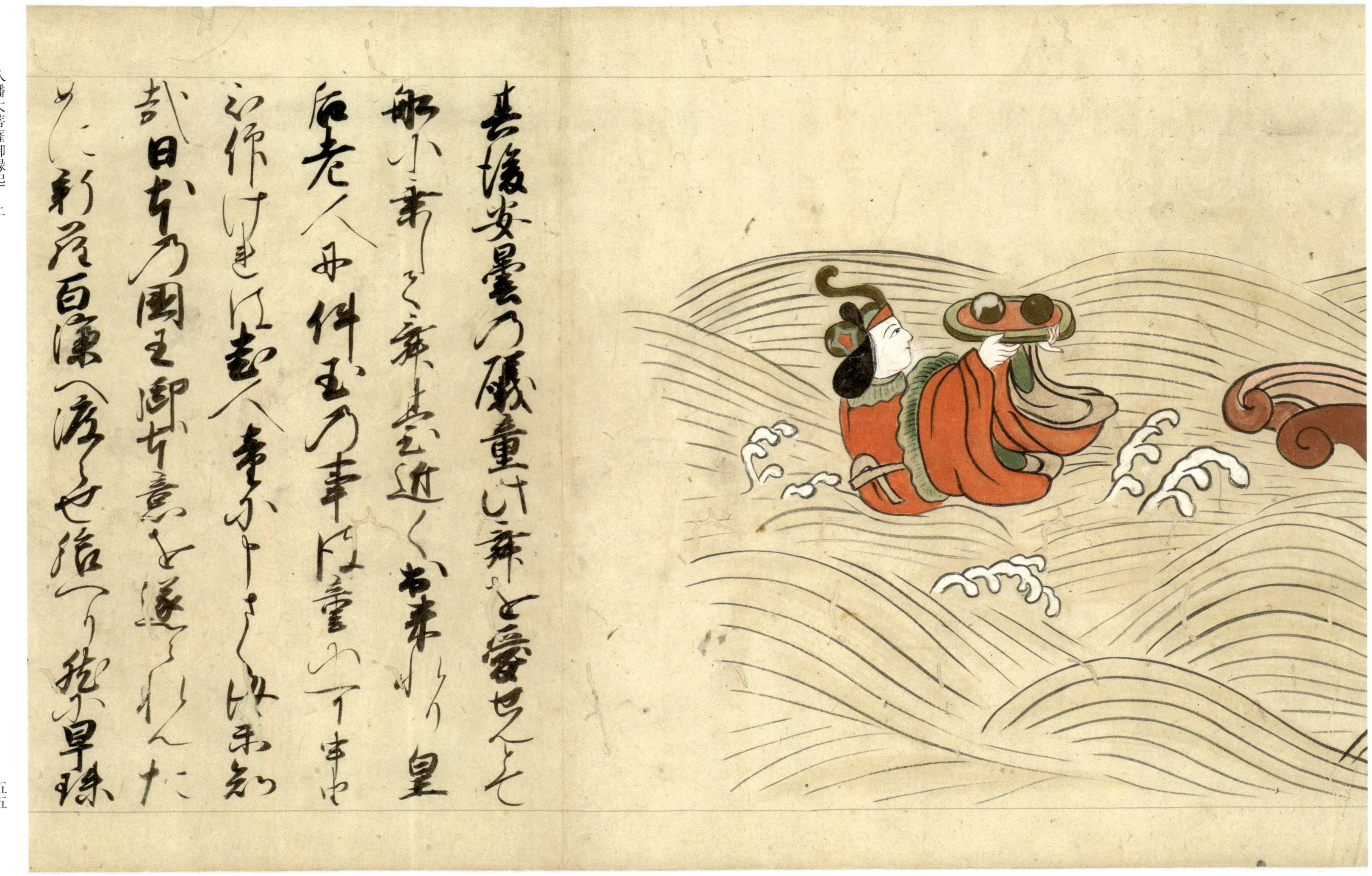

（12）

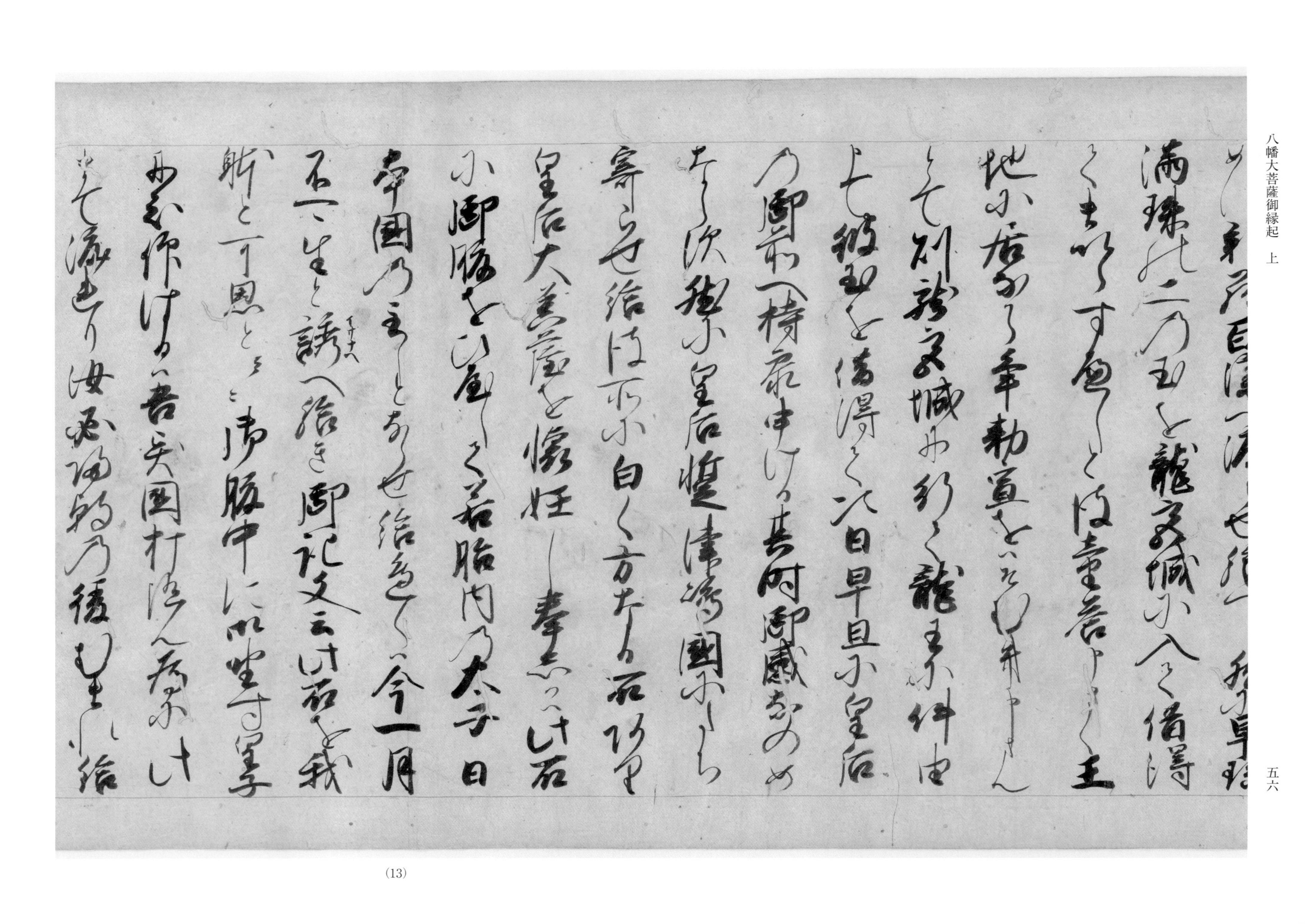

て済也り治退は兵にて　後もま　給
一とてハ畫ねすなハ石我書くハ勝ハ
ちさまを給くわりきハけし石ぬ事也けし始ハ
ハ延生たりけ皇后忽ハ男乃姿とあり
給く百濟国ハ流給ふ御方船四千八艘
乘船の軍兵一千三百七十五人也異国の
兵船十万八千艘軍兵四十九万六千余
人也敵国王大臣朝奥志くいたく日本
ハ嶮き国なりけり何も女人を大將軍
とすりや刈彼国ハ軍兵九雲霞のこ
とく責来る皇后の御方をよ打取て幸
らんとす二千時旱珠の玉を海中ハ入ま
給ヘハ大海忽ハいりて干潟
志く陸地乃ゆくかくれぬけり彼国の
物共皆く悦く皇后也うち取ん
とて堀干ハ付く異乃が人追かけし時

[illegible]
旱珠を取上て満珠乃玉を下ニ遣ハせ
浪蓬莱なとくミちきて大海なれハ
海中の異国の悪敵とも皆悉く溺れて塩水ニ
ひたしけれハ一人も残らす死失ぬ　或
縁起ニハ肥前乃国佐嘉郡ニ有
すゝ河上の宮にハ二珠の玉ハ納まりけり
長さ五寸ちゝら頭ハ二寸たるか尾
ハ細き玉也　何て皇后此事思しけれとく
異敵の軍兵を鎮め給ひ
つゝミ作りけるハ我他国ニして多く
ころされ人を殺しはへりしてて殺
生乃咎なかりけん事ようなかと思食
れ欲されけり　去つゝハ二乃龍王海中よりの
物現しつく件死人を一人をもれこさ
す食失ハ守何殺生をなけ共思食

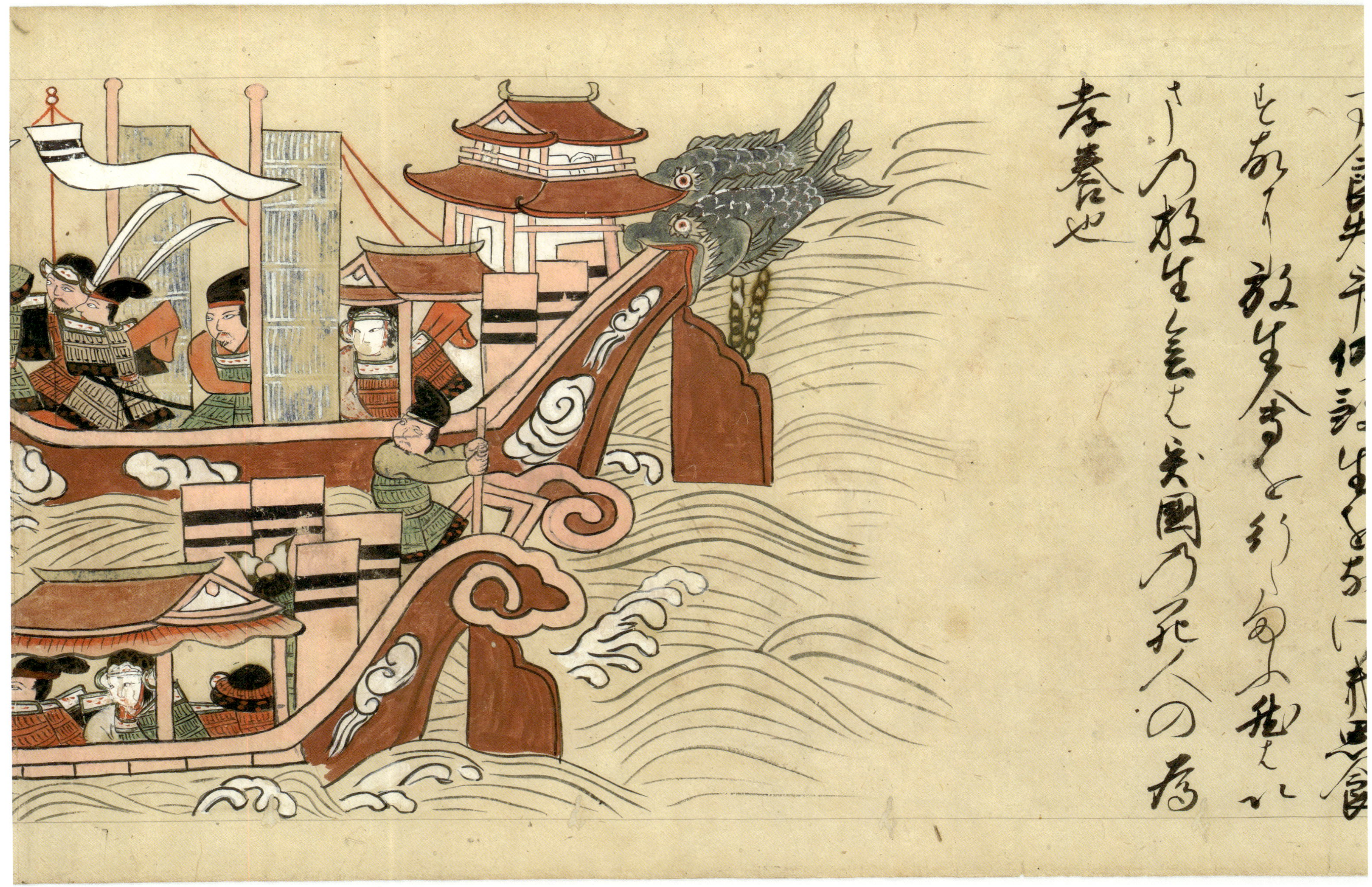
孝養也

其時彼国乃大王檣を立てゝ我
か日本国ハ犬と成て彼国を守護
せん全懈怠あるへからす若懈怠あらハ
天道の責を蒙らんとて　皇后ハ
石上ハ新羅国乃大王ハ日本の犬と

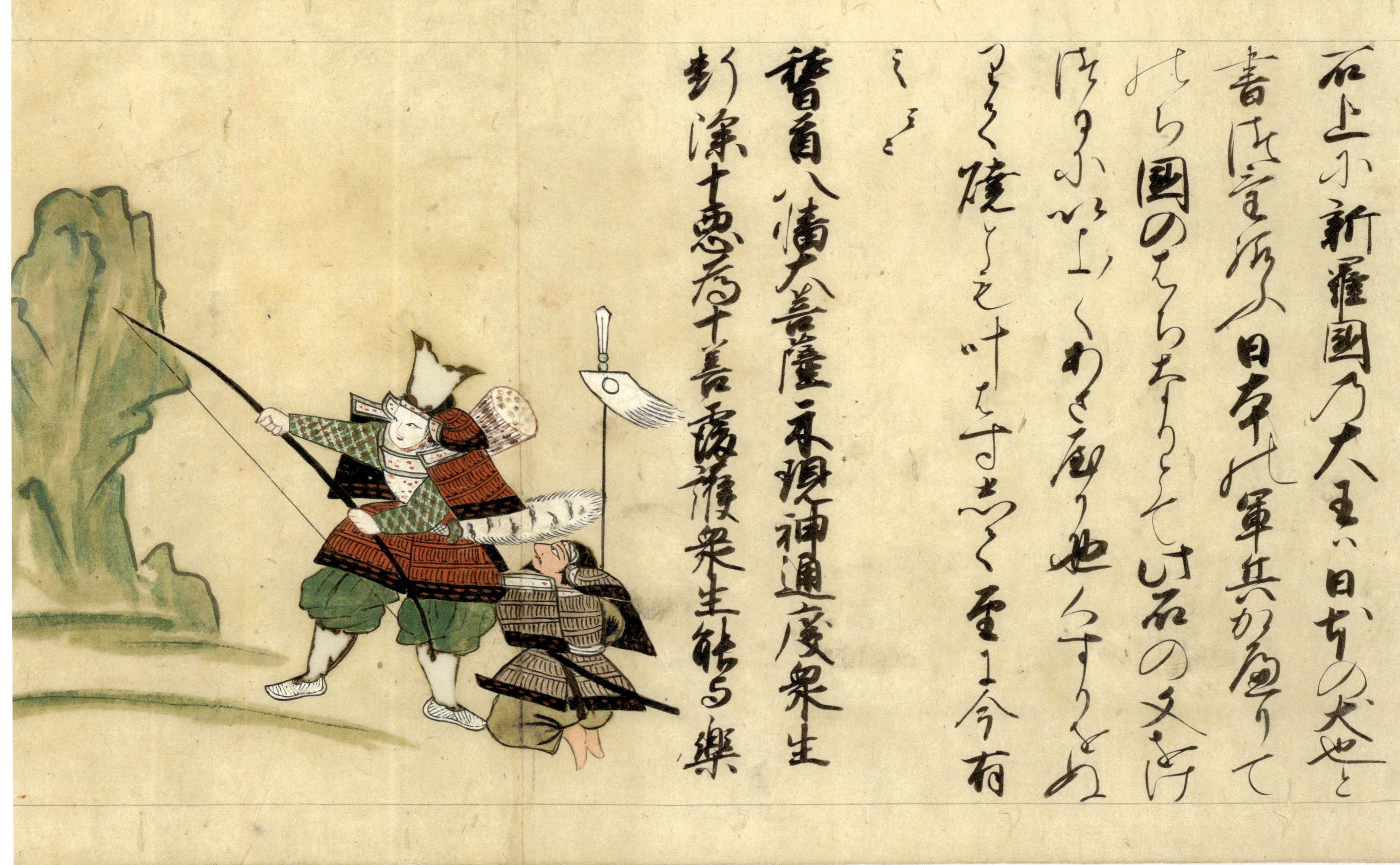

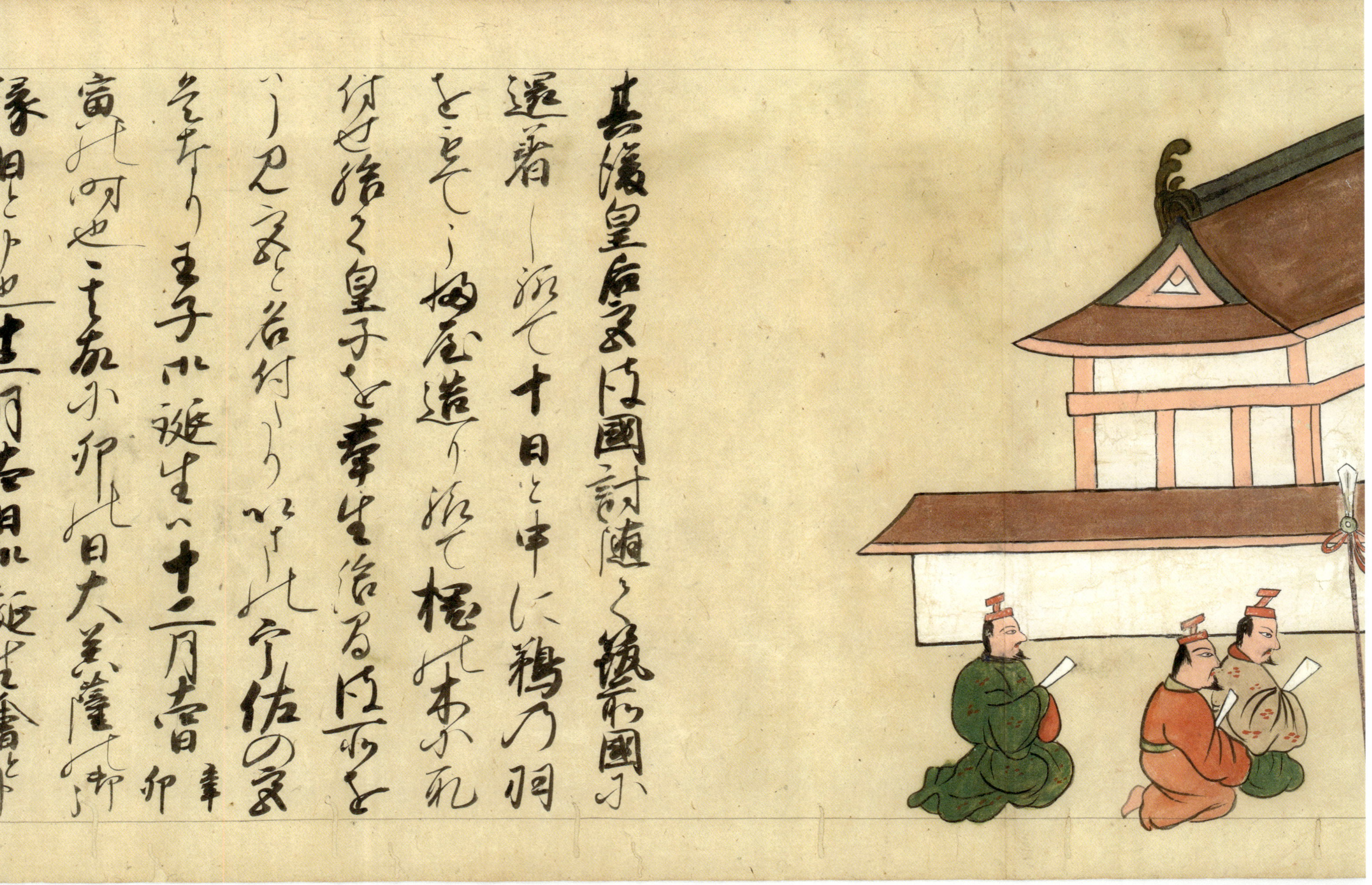

縁日とかや也十二月十四日に誕生會とて
御神事行給ふ今に絶ず度宮
南とハ皇后也日本紀に皇后乃持
給へる所の鉾を新羅の王門に立てし
て後世のしるしとす而に二の鉾と
に新羅の王門に立けりて明年
乃春二月に皇后都へ入らせまします
息長家にかこさかの王（兄也）忍熊の
王（弟也）皇后の都へ向ひ給ふ事を聞
召て斎くたゝかり給り皇后はさきより
弁ふもろもろ武内乃宿祢に皇子
をいたゞかせまいらせて南海より紀伊國湊に
付せ給ふ皇后は船に難波をさし
てはしらせ給ふ二王は武内宿祢に
兄弟の王は東より行ぞさ御禰に給来

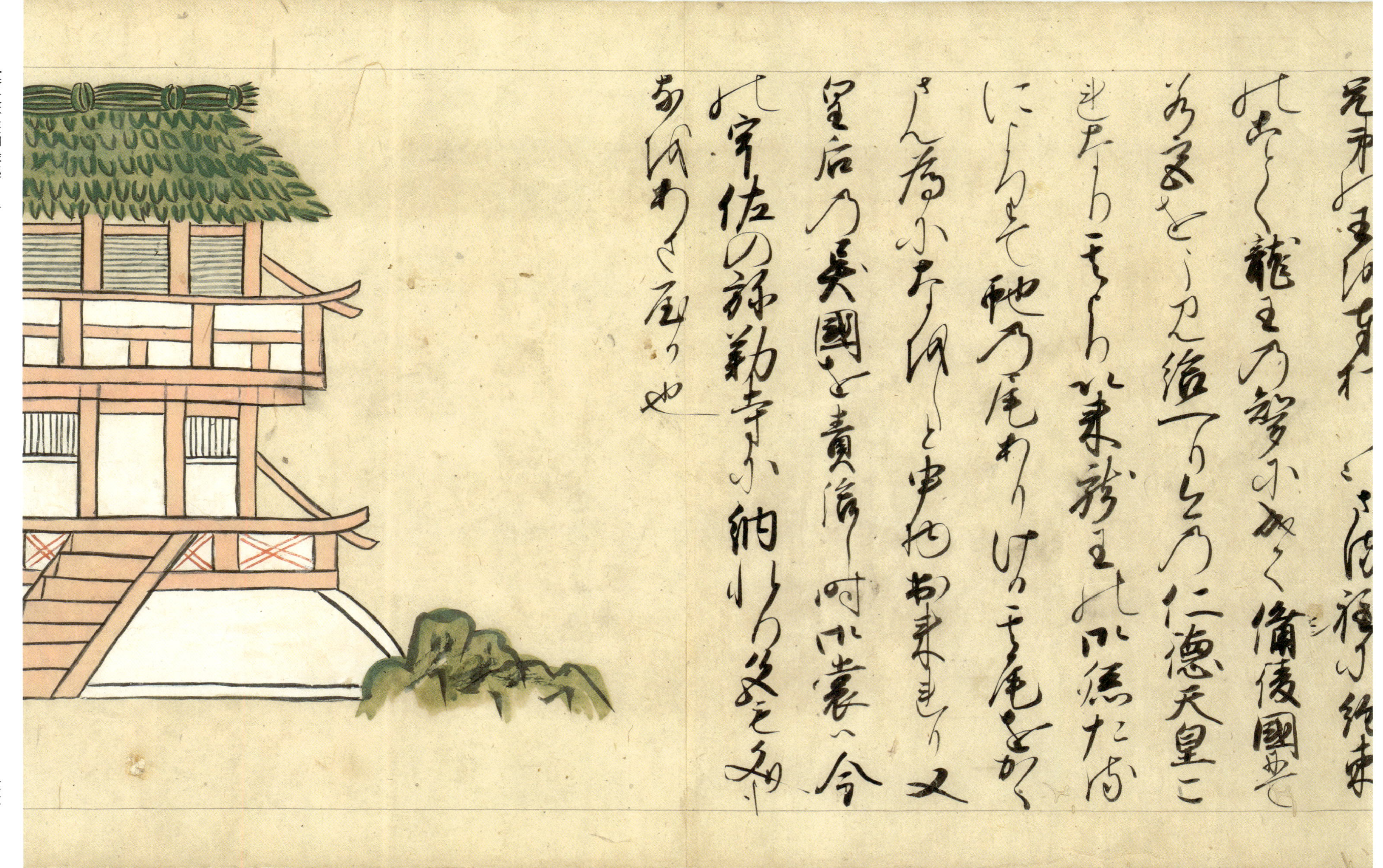

八幡大菩薩御縁起　下　表紙

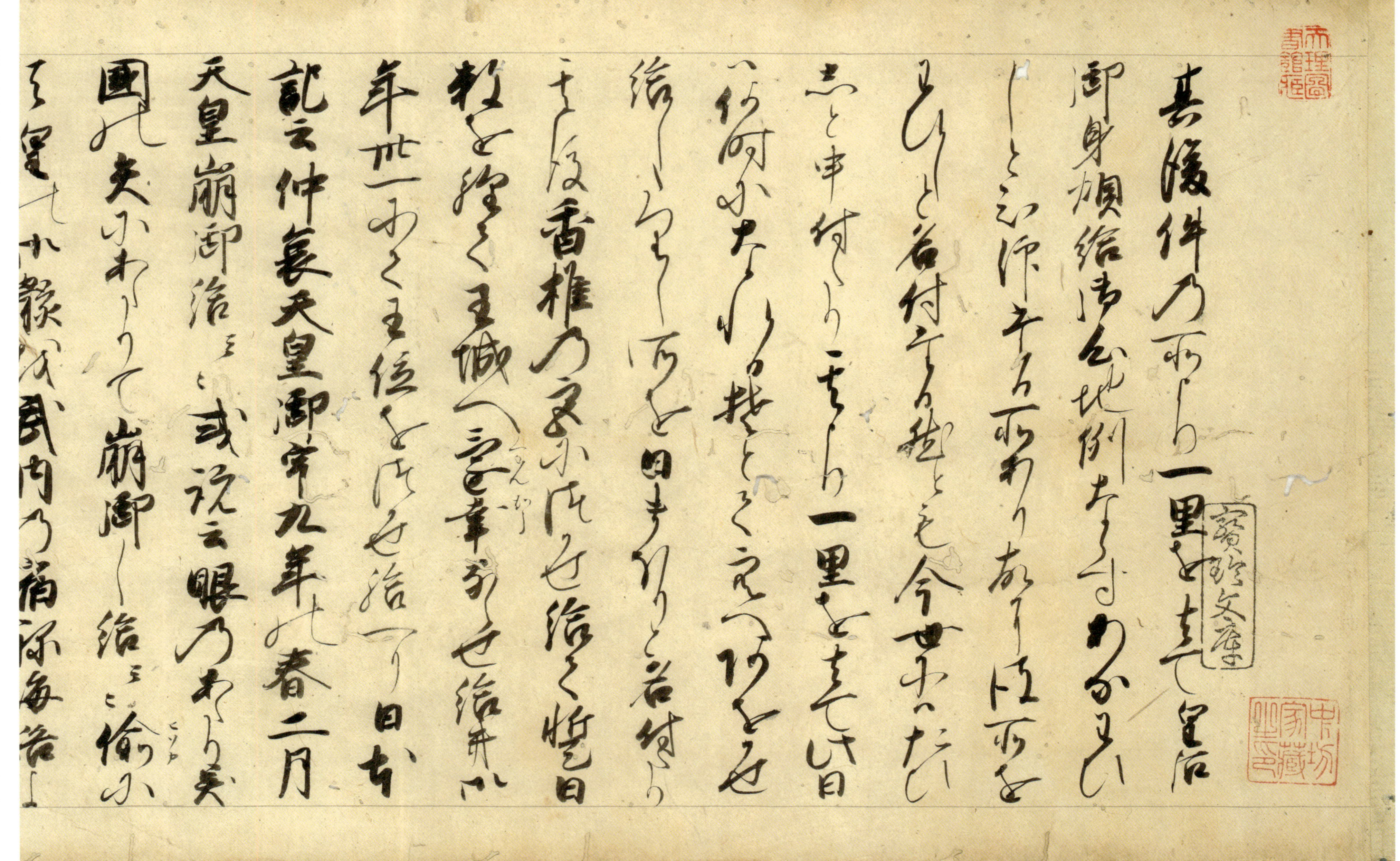



（1）

く皇は御歳武内乃宿祢海路よ
り長門國豊浦ニ入送り奉
葬枝乗託ニ神功皇后御位ニ付給
くこ年御葬をは河内國長野山
に遷ニ國を治め給ふ事六十九年
其後皇后王子に位を譲り給ふ
歳百歳にて崩御年又皇子七十御即
位治世十一年也都大和國高市郡
后八人男女御子九人今の八幡大
菩薩是也御門の御事也此時百濟
國より是をも物部傳士といふをわた
す又經典吉事をまいりけるを此御門仲
哀天皇第四の御子應神天皇と申き其
後十善の位を抛捨て道心堅固に
して山林に交り給ひて心ゆかず

つくし筑前國おすと云七郡の内に
糟屋（カスヤ）の西の郷と申所にて戒定恵箱
を埋てしるしの松を立給へりしるし
と申ハ松枝ををれてさかさまにさし給ふ
帰りのあかしに埋所を箱崎のしるしの松也
松と申也しるしの為に埋松大権のまさき
つちのへおひ茂て遂に大なる松にて今
此世まても待まつて應神天皇穂
浪乃郡大分宮と申所に遷渡せ給ふ
豊前國宇佐郡乃内本山と申山に
上らせおはしまして松峯して三ゝ山の柳に
わたらせ山分嶋の事を給て一御一所を
御行所下あひ正覚寺と名付られも
所にて云けり我前駆権現とかへりて
恒云作て正覚成後に儀行う山の頂

色の光赫かしく放り給ひける仁徳天
皇是を性く勧使を立て弓矢を調へ
臨て発りく軒奉りて金鷹飛て
我手に移りて勧使を云ひけれは

て寄殿を造りて幸宗其時より
宇佐八幡大菩薩とあらはれ給ひ個
八幡大菩薩と云号事の初之画箱
と埋給ひ……れうち小見ゟ

八乃幡ゟりける　赤幡四白幡四
柳社をさり　白幡赤幡の文と云
三所……八幡宗……釋迦
疹也とて　八幡と……給ふ事あり

此八幡大菩薩と顕れて百王守護し給ひ
処沈る……諸道有りき大菩薩乃

一三此石を……それゟ上り金

給ひんと此旨宣ひき大菩薩の古
地自在王井也と云々金泥自在王経一
巻石塔の中に納給へり又金泥の法華経
一部八行戒定恵と箱の座に置之是
上に石塔をたて給へり我朝に佛法渡
り始事ハ此れに経一部一巻也百済天王
より生地也と云々仰聖徳太子の三
経の舎利も赤備え文の御寶前に納
給へり

箱崎の松ハ東西へ…

(6)

仁皇第三十代欽明天皇御位につかせ給て十
二年に當く時に欽明と郡主給ふ大宮
同補任帳には備極三年とも之豊前
宇佐郡菱形山あり、に笛乃園あり
鍛冶する翁あり其相貌奇異也大神
の比義是を見付て只人にあらずと思て
五穀を断ち三年丸ゐ給仕して御幣
捧て祈請して云く我已三年まで
五穀を断ち籠居して給仕せり是
則三歳の相貌只人にあらずさりながらなりてたり

ゝ神めく祇あり御毘を追へ（と）時ニ残ゝりて三歳小児とゝく我ハ日本人
がら給て遷宣してゝく我ハ日本人
ゝ才十六代の参宮ニ天王也祝ゝ護國豐
施威力神通大自在王菩薩と云也圓ゝ
ゝ論と計ゝ盡好て死し御幸也ニ
甚深馬城乃峯小石我權現とあらゝれ
ゝ大旦姫此洋大補給れ小三宗ニ
並ゝ御幸也高一丈二尺底一丈たりゝ
ゝ御給きゝ宝氏此ニ産也ニ
但人怖くすよ何事すゝ御厳を造て
ゝゝもちに遷宣ありて我彼祈り
ゝゝゝ主菩代まて利益うゝん
ためゝ四風ゝ山ゝ嬲と吾まん也
飛達を感とゝ遣て云まゝ

天竺の國王より六年に一度勅使を
立て國の政を定めらる此大弁地城記
てあり給事一丈形にて此座すと
いへとも物をいはす作り以ての句曲ハ二
として稱徳天皇とて女帝也此門に座
しき随此門の前まていふ物を作て給
ひけりあつかひともこの門吳経の文に
所有三千界男子諸煩惱合集為一人
女人之業障又此文を誦給て我け文不
之信女人身ありといへとも今我に此儀
さし経別處言也とて経を焼失給ひき王
宮の依て臓腑乃炎忽に熾盛になりて
けるを雖其して諸国に宣旨を下し
我思ふをたのむ也給ひをや其をもして可
まとしむ宣下をそらり河内國の前の

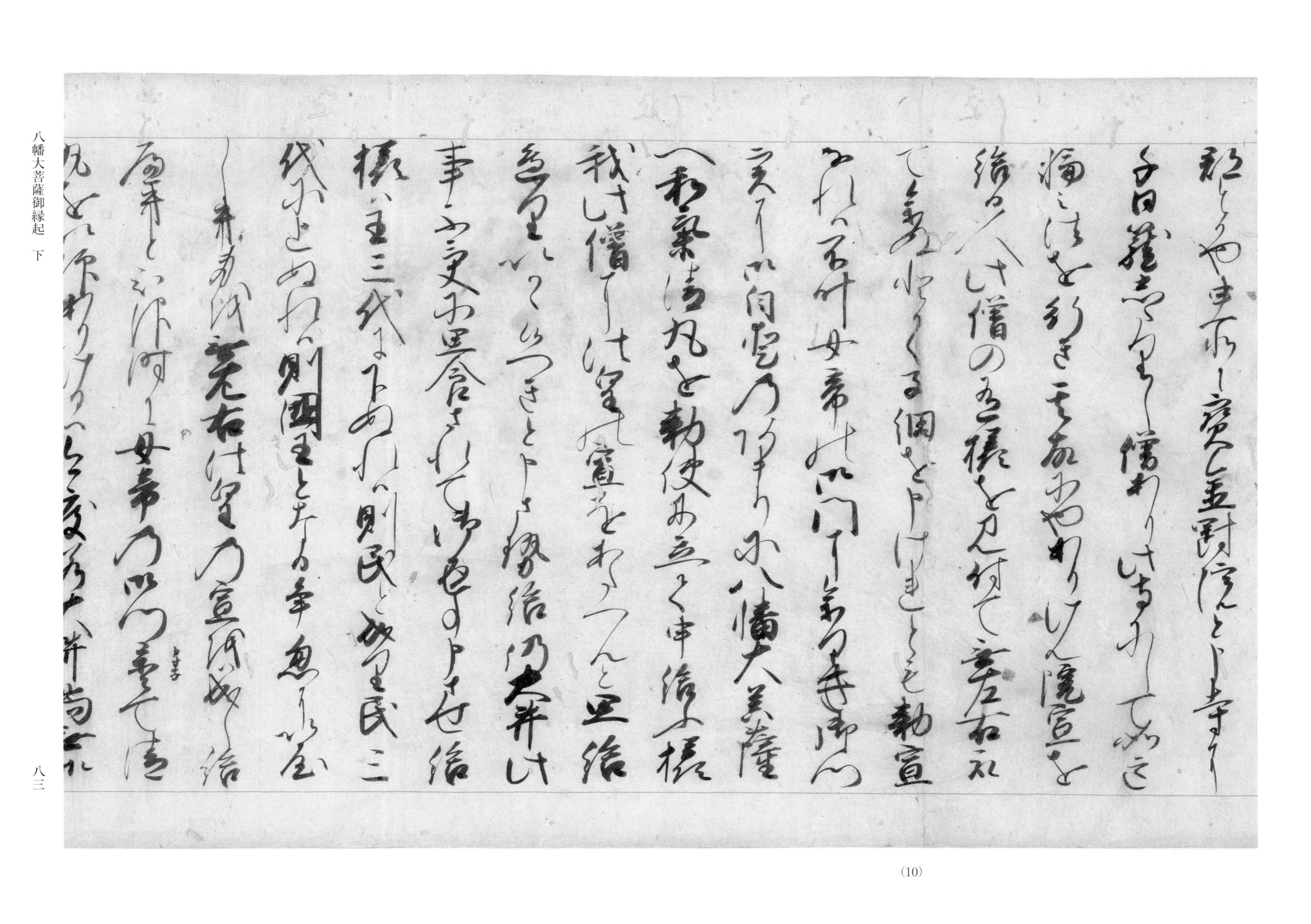

(10)

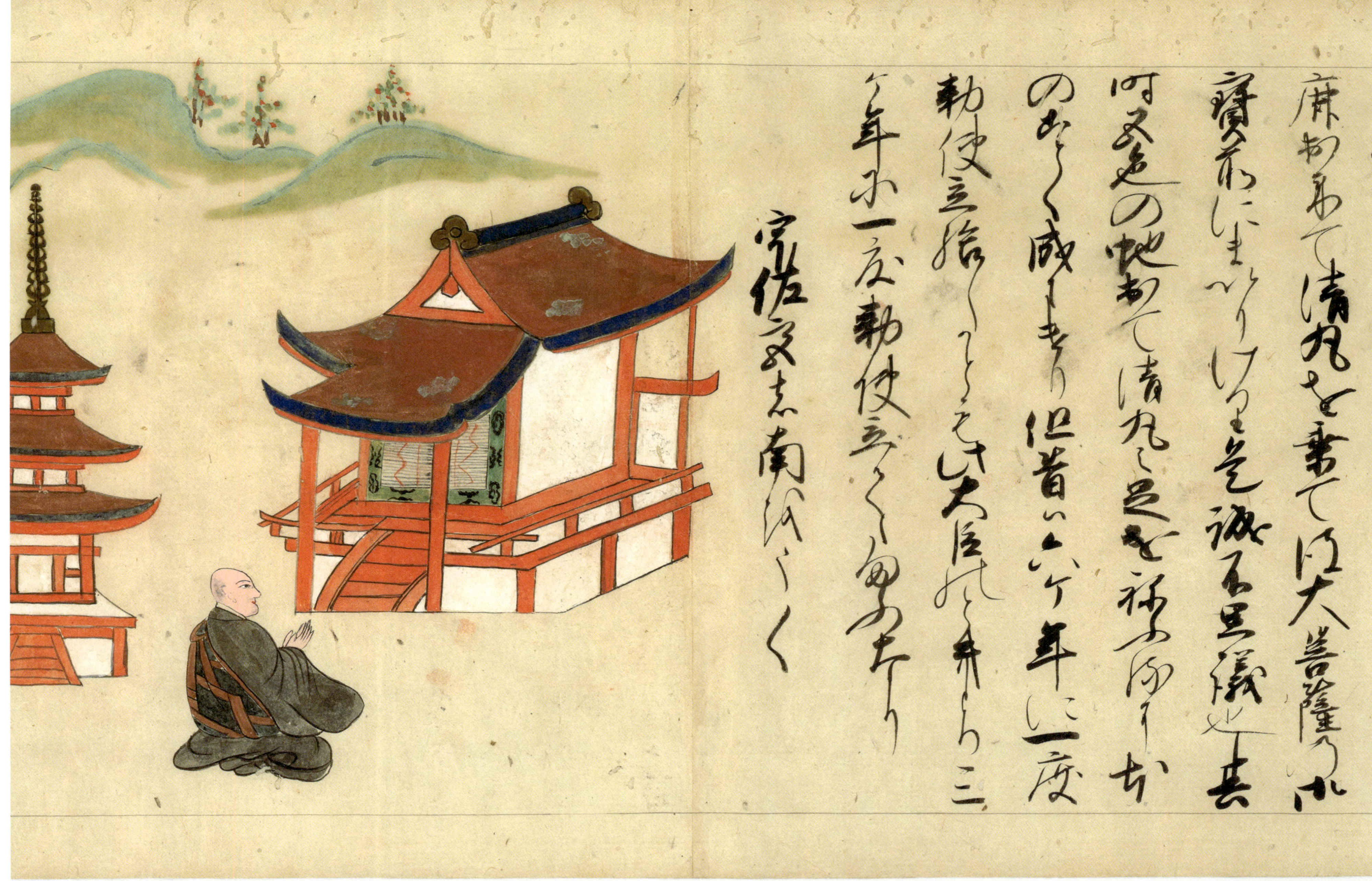

其時和氣清丸大菩薩の御寶前に参て

[illegible]

[illegible]

[illegible]

[illegible]

[illegible]

[illegible]

[illegible]

上人小向[illegible]文頂曰

得道来不動法性示八正道垂権迹

皆得解脱苦衆生故号八幡大菩薩

行教[illegible]

[illegible]

[illegible]

[illegible]

[illegible]

それ一治り也さらに行教箱崎に
いたりて阿志り八幡と志りて志くとて
めてらく東人躰二形と志りてこのれ
いまく人に記りき世に　清和天皇御
宇貞観十八年庚七月十五日乃未
まく行教小不現て治偽世に
更して新三宝上下味也頼い我を
威まく石清水乃色示て流我列国
家を鎮護せんとをり現て治小色原
行教主威て上里人懐人并を奉海
んを暴食して阻当二と一に
人懐二不権現　行教和尚乃衣と神に
陀後三宝を現て海乃鏡に　行教和
尚妙愛稿わろあいまて起地善弥乃

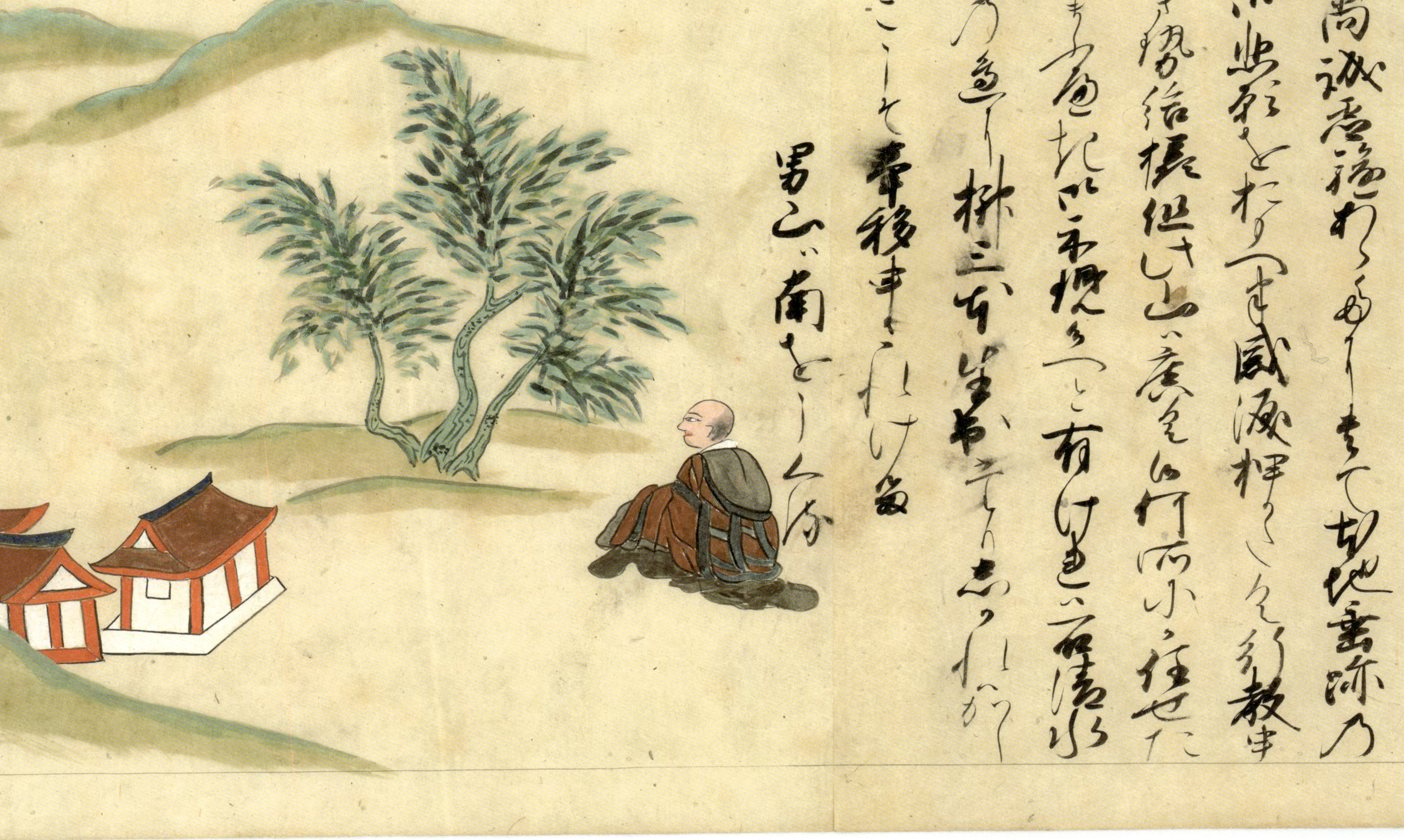

(15)

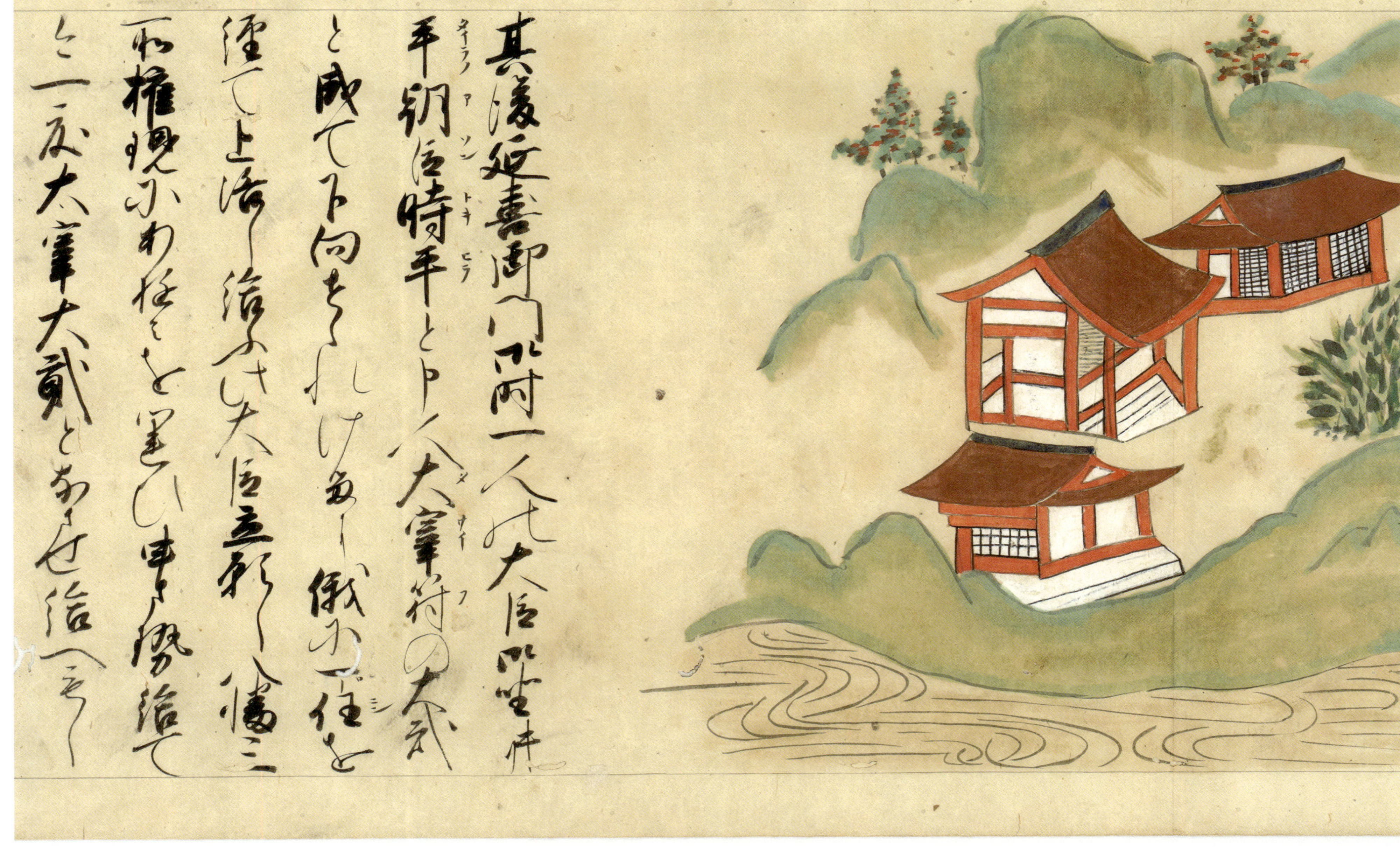

一度大筆大員とおもひ給ひて
いつれ死おらひ必す浄廠を造精し
まんと引請ゆく一七ヶ籠りて上居
一給め下は三後文氣を改て下向
すて傳稱と釼大井八利月神道
のみ給ふと云すと三里給ふ雲小
女帝済門乃心彩観ると中寺め三
千人海近の内唯一海師とや僧の娘
乃七歳小たるあり井大井さ女子ふ讓せ
給て地をわつ序事一文くる究と
らひく大氣虚れ付ける心来し祀行
くい禍宣れ付てく汝不受弐を享
一何我済筑て百多発わらに立
死せて事ふ教力み依て毎任大貳職
せりて行不許馬とも三死とを
けひり老とさひれ福宣へ延寿北一年乃事め

爰に大菩薩穏やかに申し給ひけるは、世間のこと、さらに事欠きて支配得れ方をも世間のとわがみ在まれそれさま一切之御

て祐事を言建をり事ありて頼別御殿をや造替之所又に何して宗とよせ入て言て御院宣多て心に付様

要をより御宗せ角小志この演あり我一天国土守護せし始め武定知箱と懼く

志所乃杉と立らち并為ら位とも類等と号寸杉の切いひの幡神りり

きそあし大并と位のいたらら風きと御殿の正方をは民衣の角お夕て九間

小光とほくる石まれ馬上みゑ国の歌乃若州書付を前火国洋伏乃彦や内廊外廊を二陣を造て音

状の房也内廊外廊也二階ニ造て造
合也けり二階の樓門を立て内廊ハ諸
神集會の所也外廊ハ住吉修行の
物初二階の樓門ハ王位威勢にてそへ
人民かいきをもへん所には無敵ハ未来
もかならすときは我らは樓門丹羅りよそに
敵を降せしめて他國より我國を責
随へさせす不一有さ人望あらハ我ら為
人間は皆もは神器と也我かのすかん
本は正直の人は頭をもて住家とす壇鐵
とハ三災所れ不善の人の施をハ不請とれ
檐かり但我身ハ五八月給亦いへ向を
垂て文國諸官も本を孝養する也とは
護宣あるにハ大臣平時平菊斎て
争達小りく護宣不住て以ら一覧殿并ニ
樓門等をも以これ修り鎮と備廻廊金

様ハ菩薩を玉ハしゝ廣ゝ錦僧遁虜全
銀をとらりたるかたゝ冨邦（トヒコホリ）をとへ社頭
ハ年寄附ゝ寶殿造營ありけり、其三百
餘歳ハ也けり　抑八幡三所ハ中ハ前ハ西
ハ御本地ハ大日本國の人皇第十六代
譽田天皇乃ハ應當初ハ宣号ハ廣幡
八幡大菩薩也　祢宜唐崎勝以豆来（トウバトウライ）ニ時
の御託宣云　我をハ号護國靈驗威力神
通大自在王菩薩と　古佛無所大悲菩
乃御身本地ハ阿弥陀如来西ハ前ハ並
路ハ人皇第一代の神日本磐余彦（カミヤマトイワレヒコ）天皇
御母ハ玉依姫是也　本地ハ大勢至菩薩の
ハ前ハ御母ハ霊孫ハ人皇第十五代氣長足姫（ケナガタラシヒメ）
尊ハ開化天皇五世の孫仲哀天皇の后譽
田天皇ハ御母神功皇后本地ハ觀世音菩薩
攝門ハ一切衆生を導也　又ハ則住吉大明

提かり…八…則吉大明
神本地廬舎那の如くにて安曇乃
磯童ハ嶋の鎮守大明神本地大聖文
殊佛在世にハ常に海中にて群類を教
化して霊山浄土乃法会に加りにき彼
か其中に沙竭羅龍王の娘年八
歳乃龍女殊文殊の教化を悟りて極て
龍宮にて姿あらハしきて霊山会上
にて遂に五障乃身をかへ杖て南方無
垢世界にて佛となりさせ玉ひ又磯童と
成てハ皇后の道乃力を副て異国征
打せらるる為に竜宮城に入て潮の早
珠満珠の両玉を借得りてき古く
九利生同と起利以八歳の龍女に我
献宝珠世尊納受して釋尊に如意
宝珠を奉しかハ世尊是を快く請納

賣珠を奉りて世をさむる事を悦く給ひ紙
め竹きて海神の二珠を借り給く皇
后七度水を返して皇后それを悦給て
中泉に南の古領治き先皇も今し
其悲橋む塹と道也但は稻時ね松
よりて柘おへと力を地稻埼の桃
葛おをひかりと分て柘尒葛を
引妻語の守宅にれと力く虫儀し柁ら
葛おをひかりと分て柘尒葛を
斯柁風亭とりて什葛を斬りりけ
年たんと戸尺又しれを中て根
をとりて鳥いへの三市て里ける毛
きし札則かを示けてそれ柁あら三
三寸生まりりて人美を力くし根とい
壊める札の根ら七八寸もる生まり札
つよ扨りつからてまて水りて常此よ去
をてその名不直りき四件の務

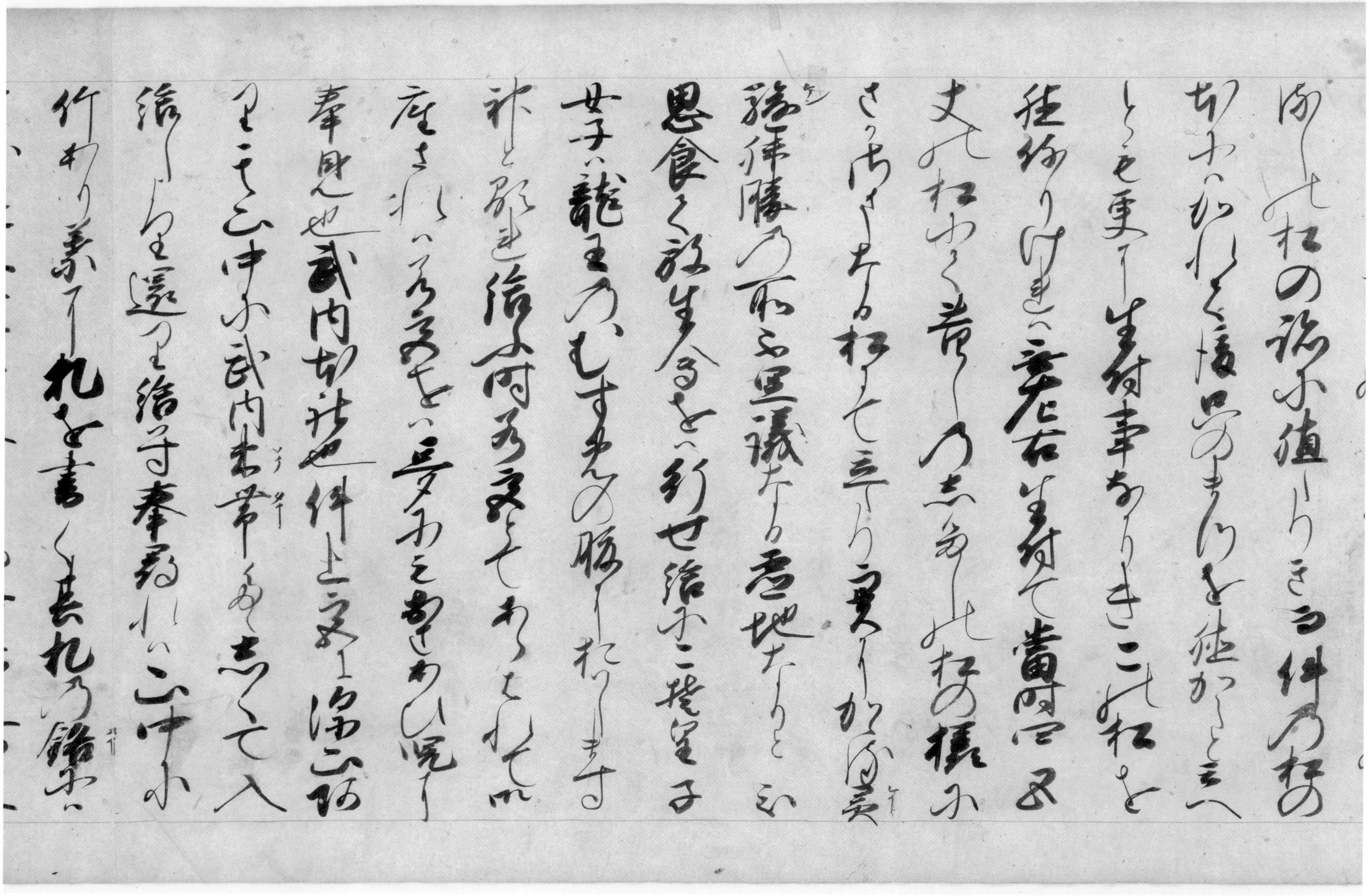

代本仏弟子ノ札を書く長札ハ鏡字ハ
法花比丘豈異人ならんや阿弥陀如来
我身是也

八幡大菩薩御縁起

右此御縁起新写之事　前所持之
本雖在之為盗賊令失墜訖其
表連之可祈願旨雖存且凡清且

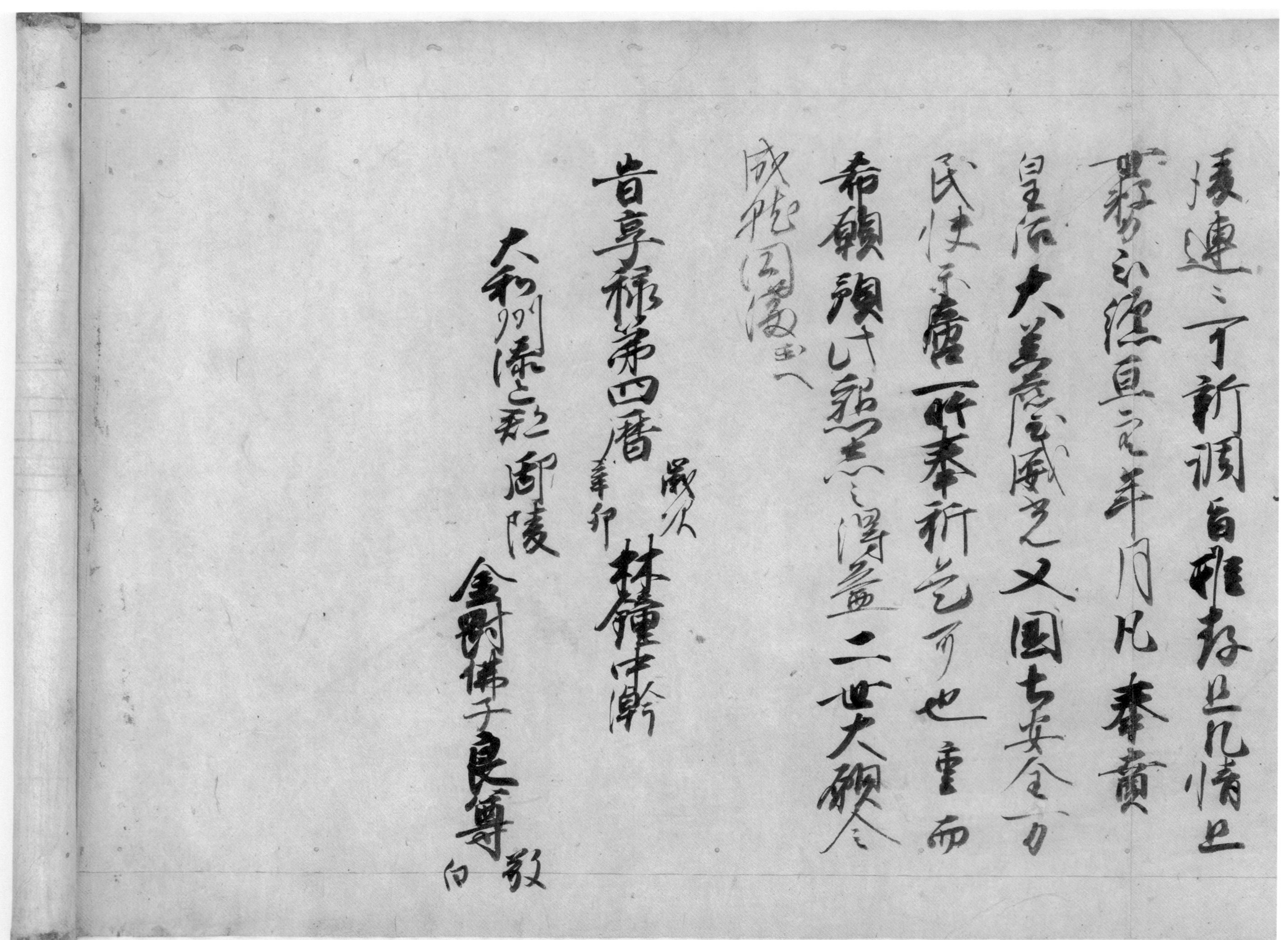

# 鼠の草子絵巻

鼠の草子絵巻　表紙

292487

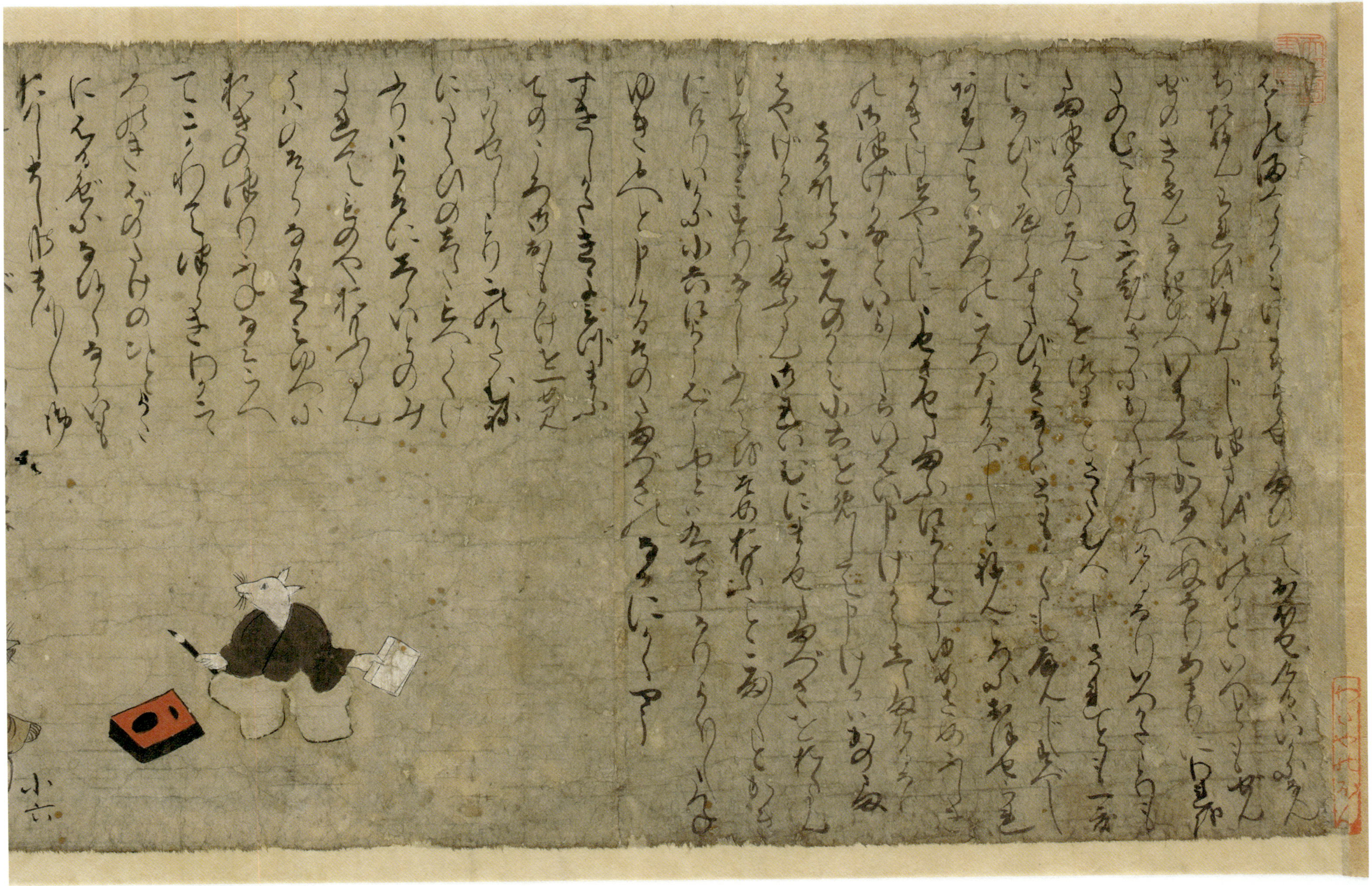


（2）　（1）

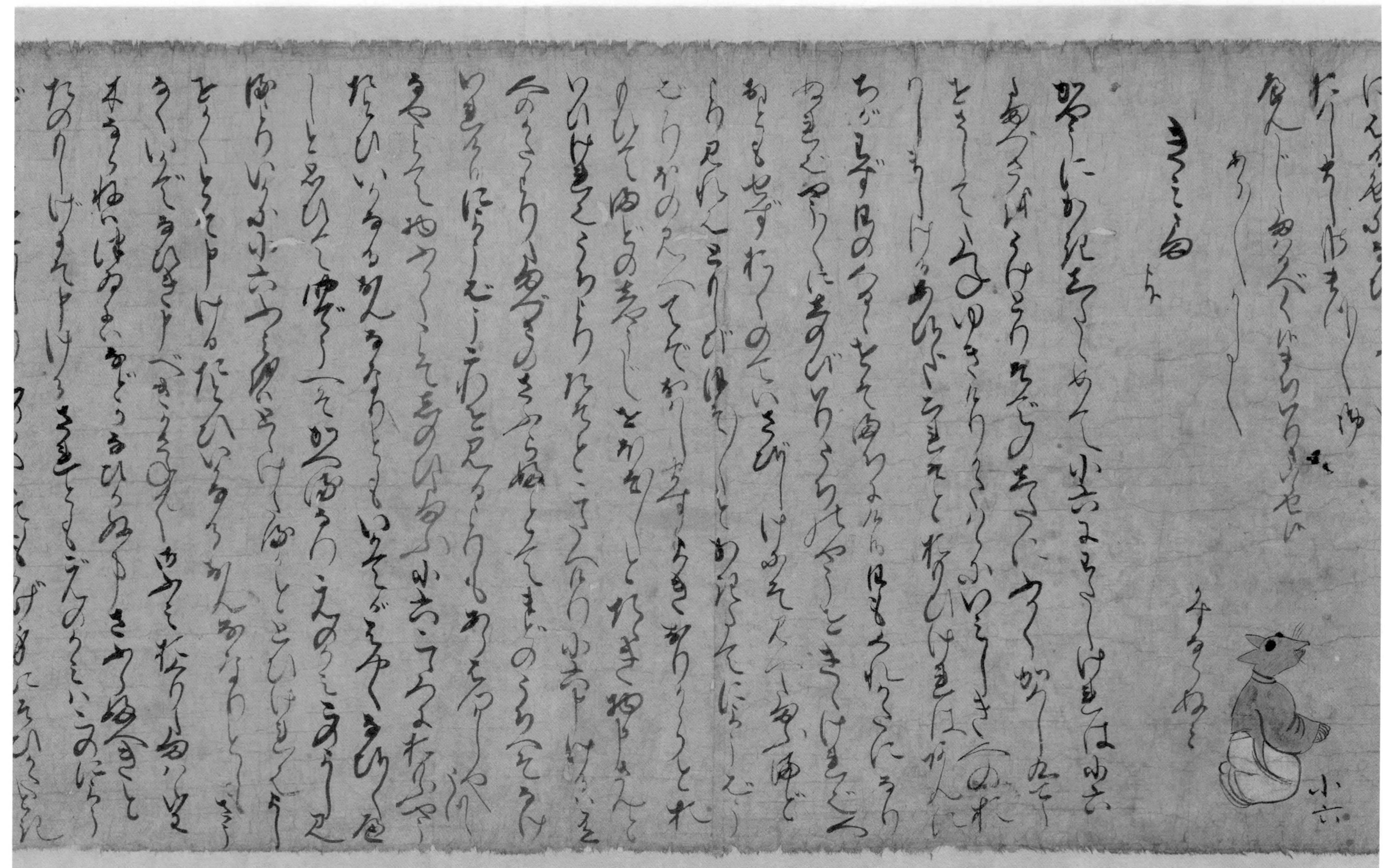


（3）

（4）

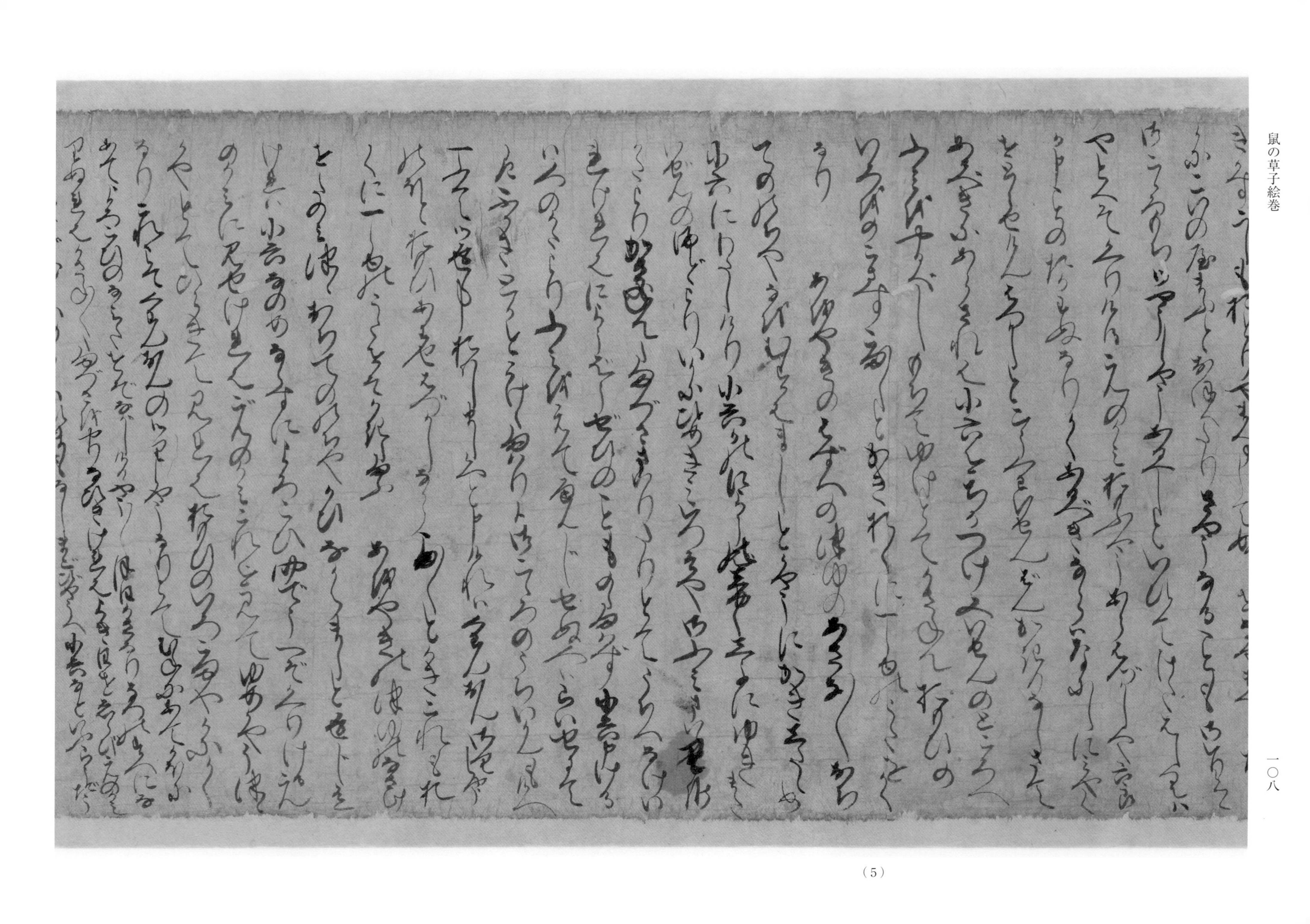

（5）

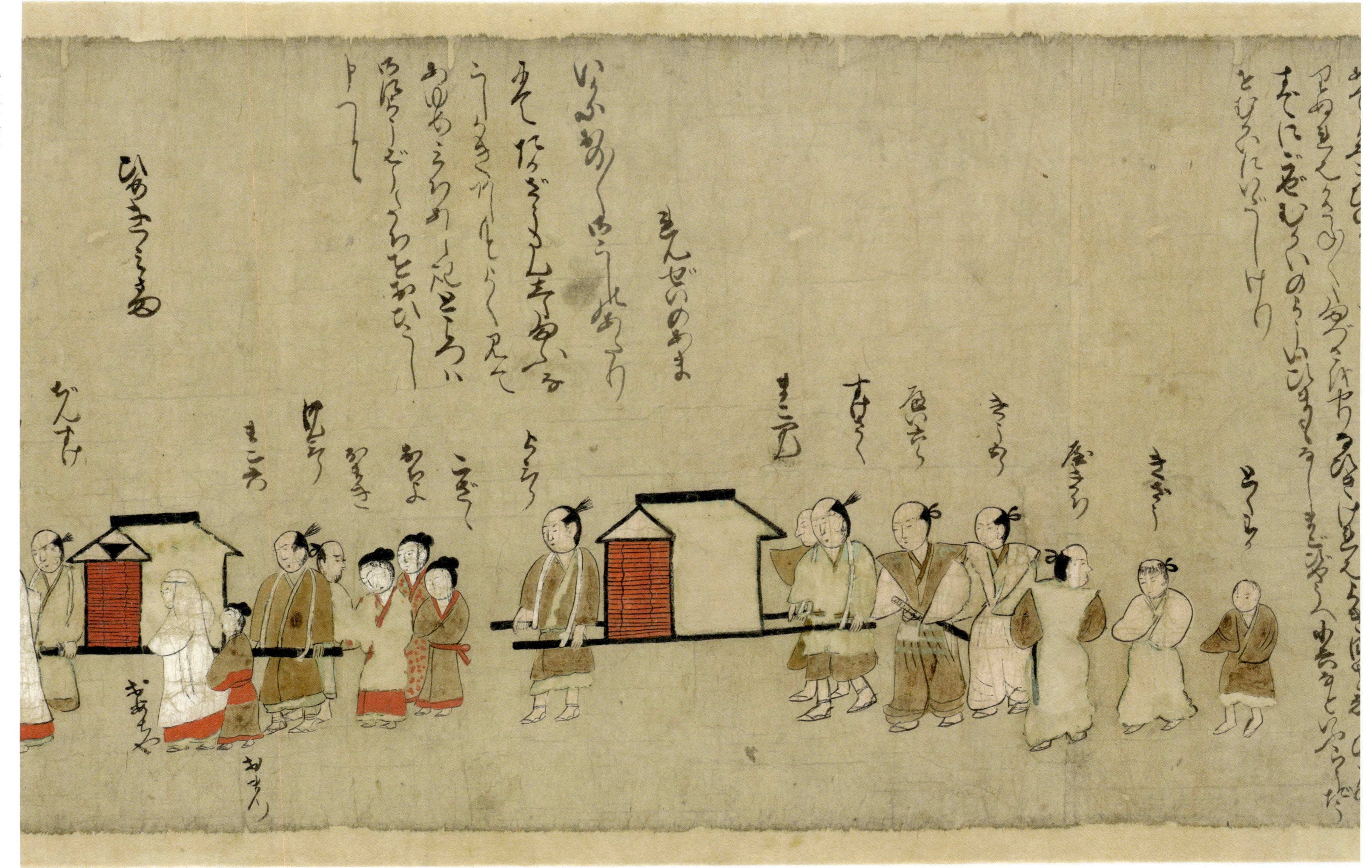

(6)

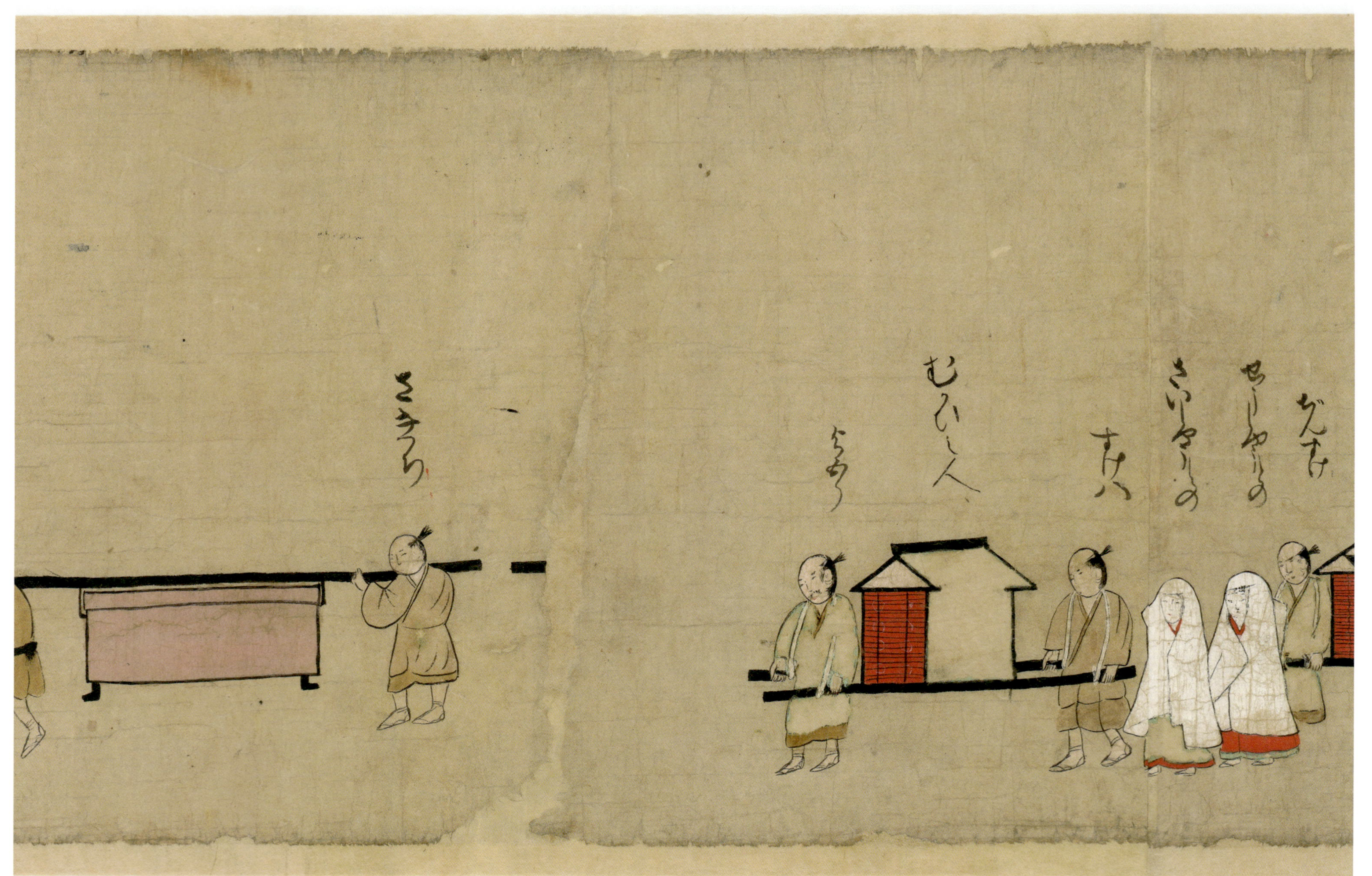



（7）

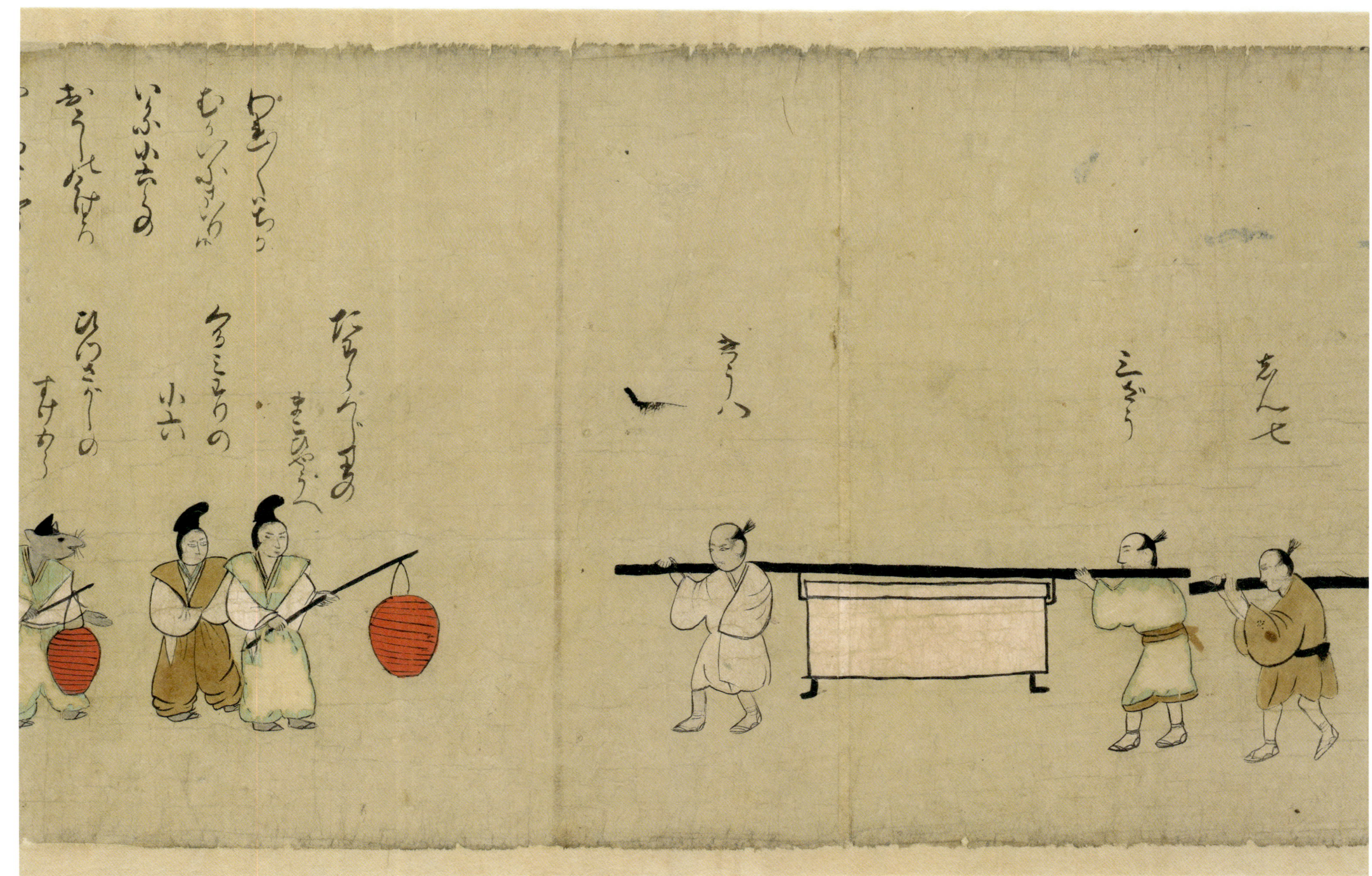

（8）

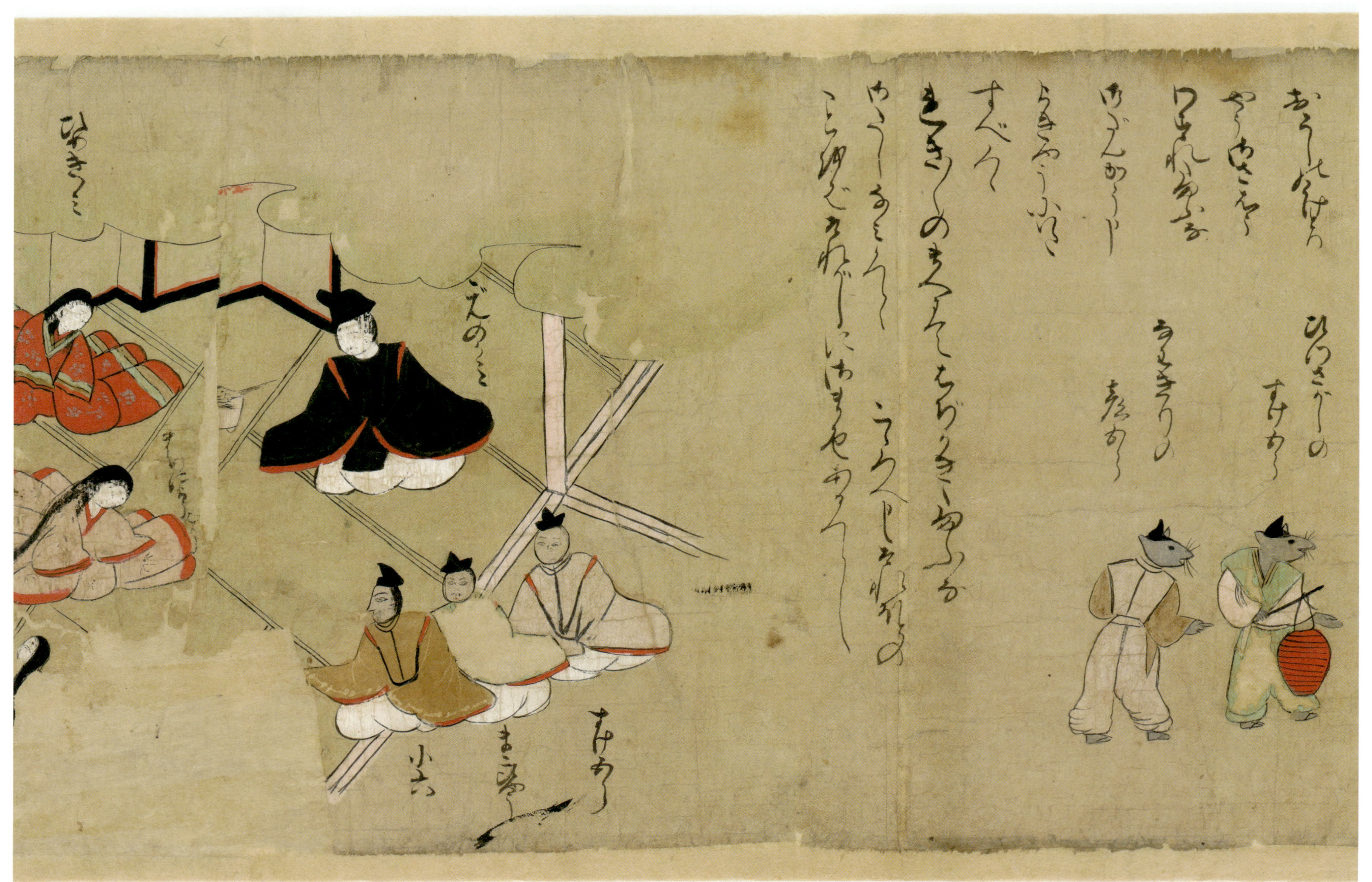

（9）

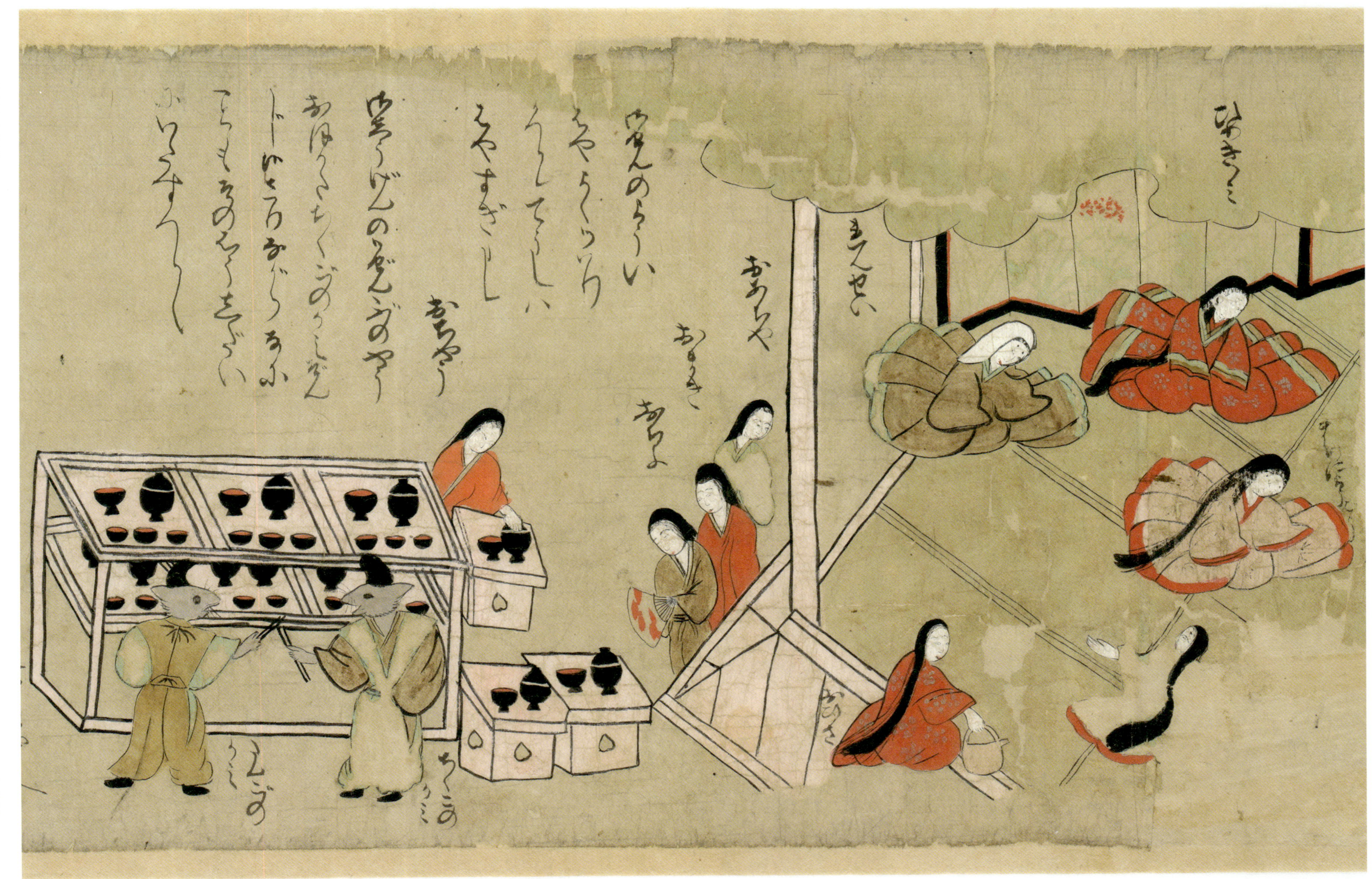

（10）

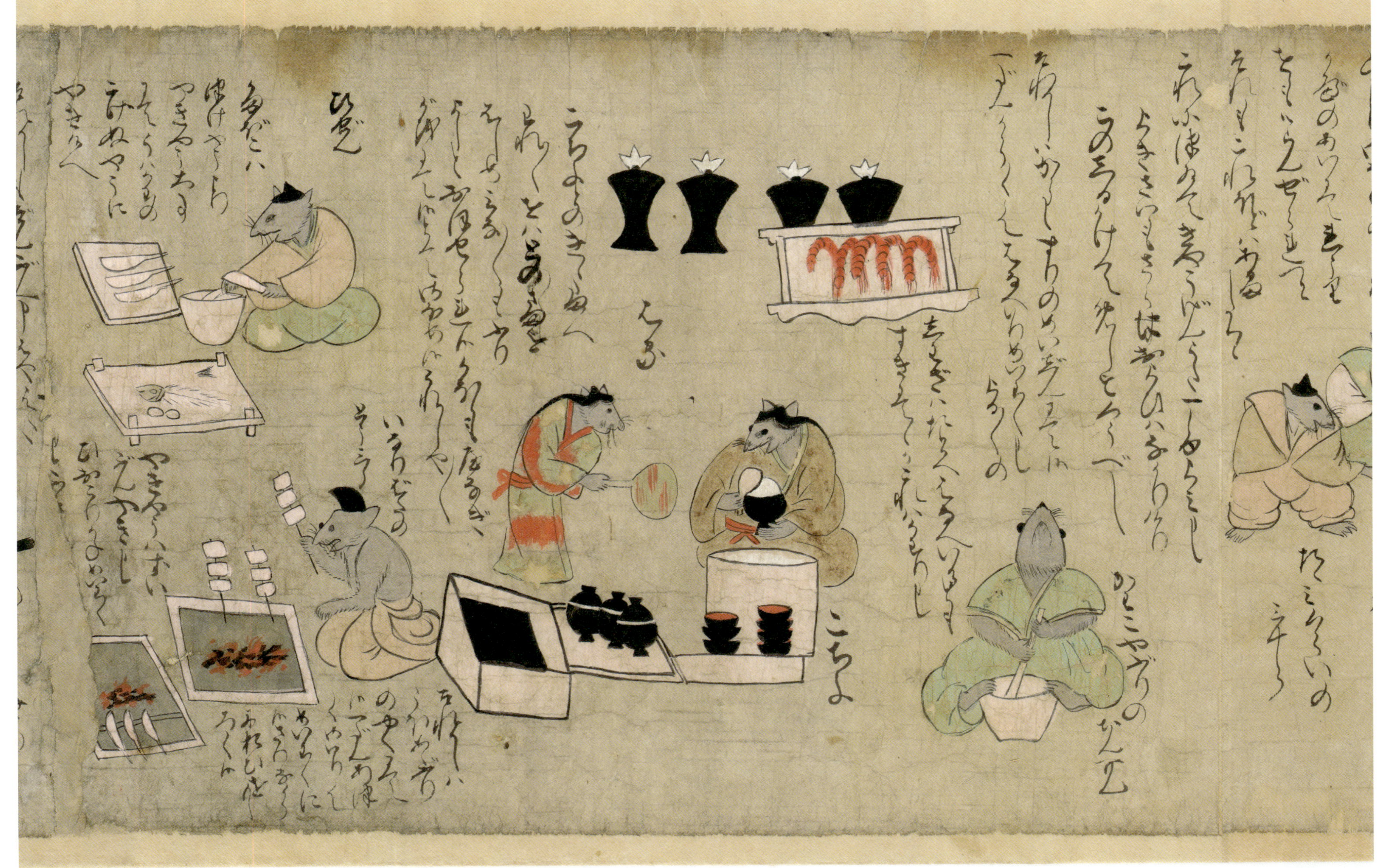

(13)　(12)

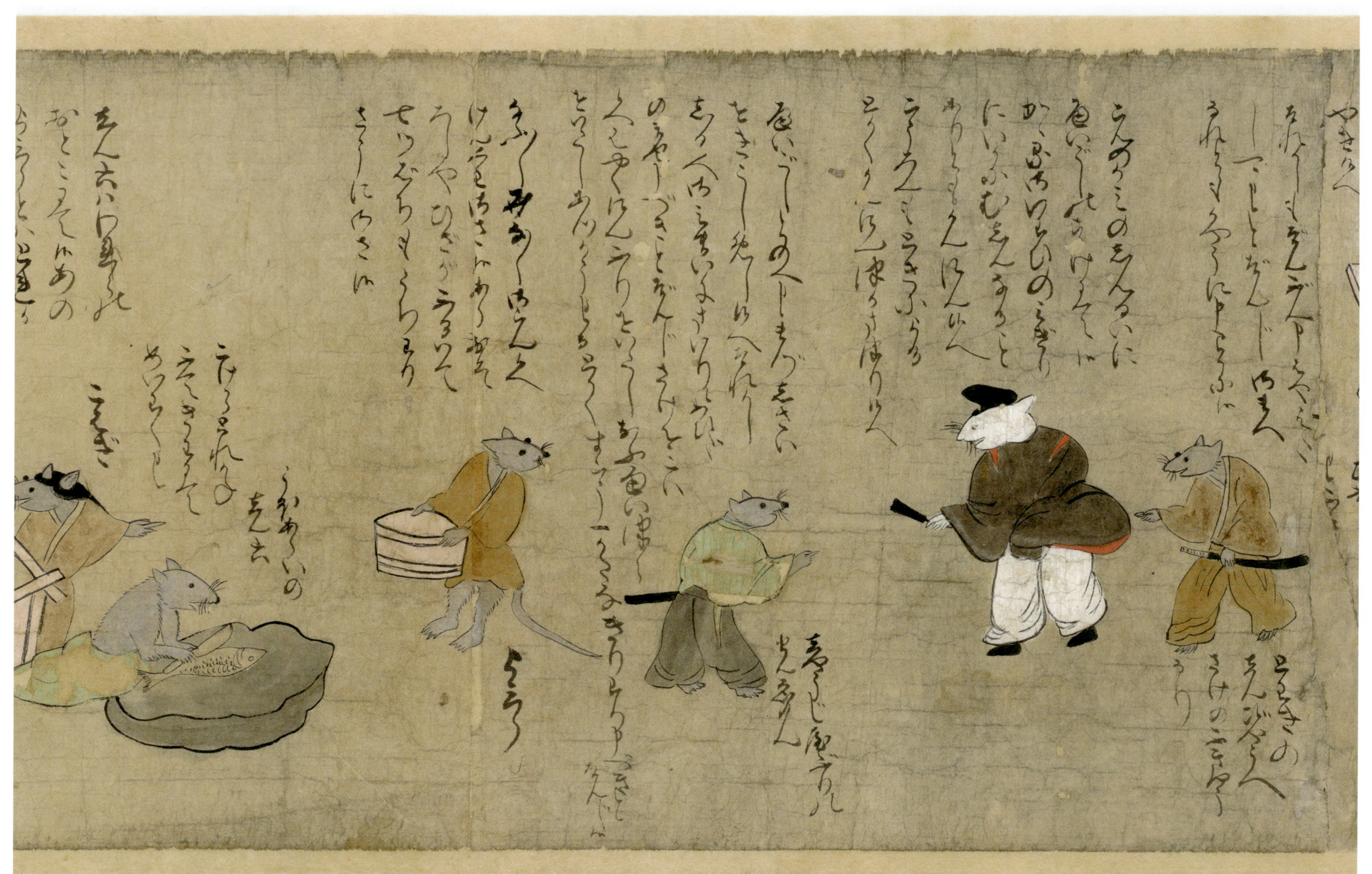

（14）　（13）

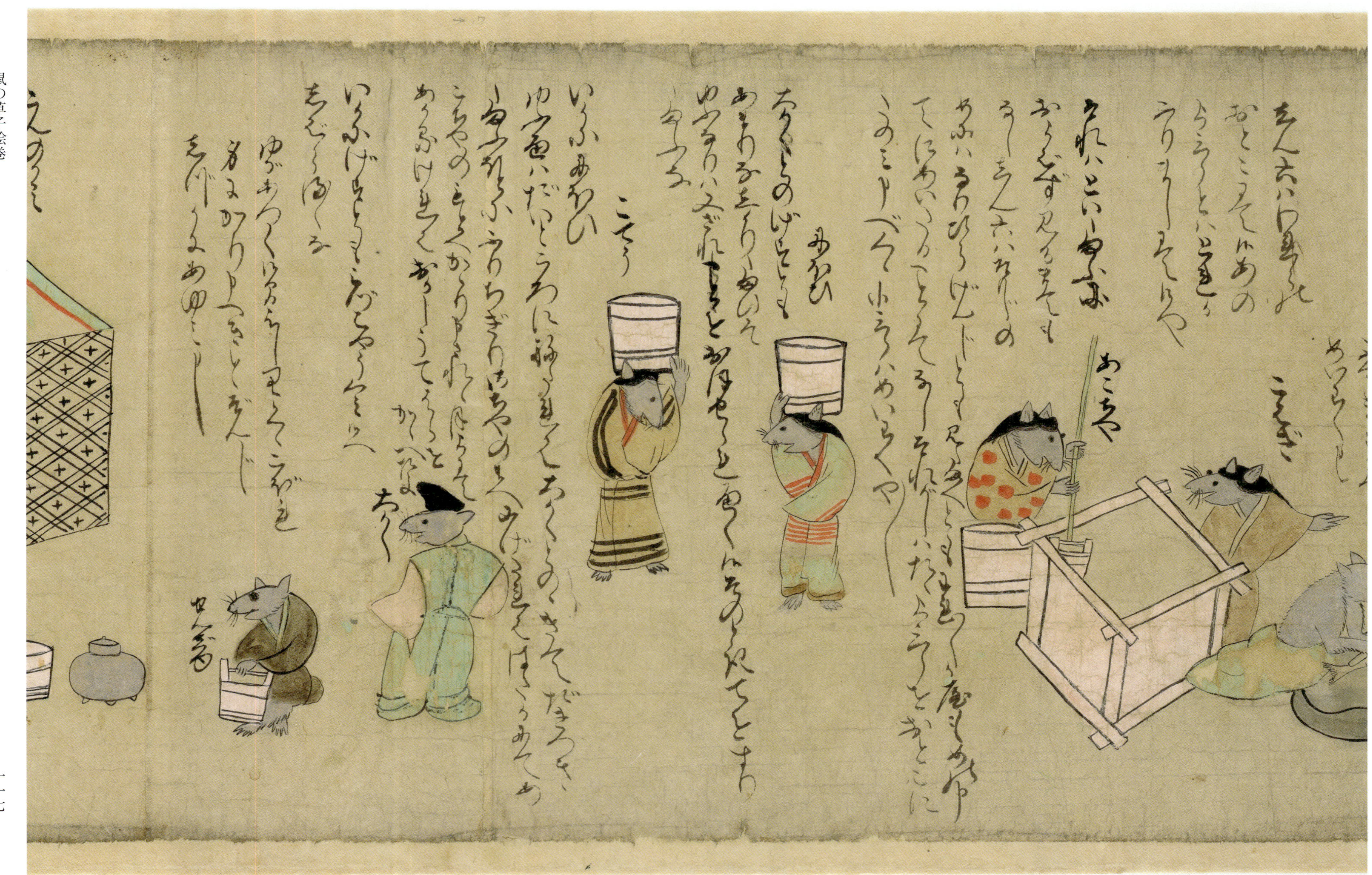

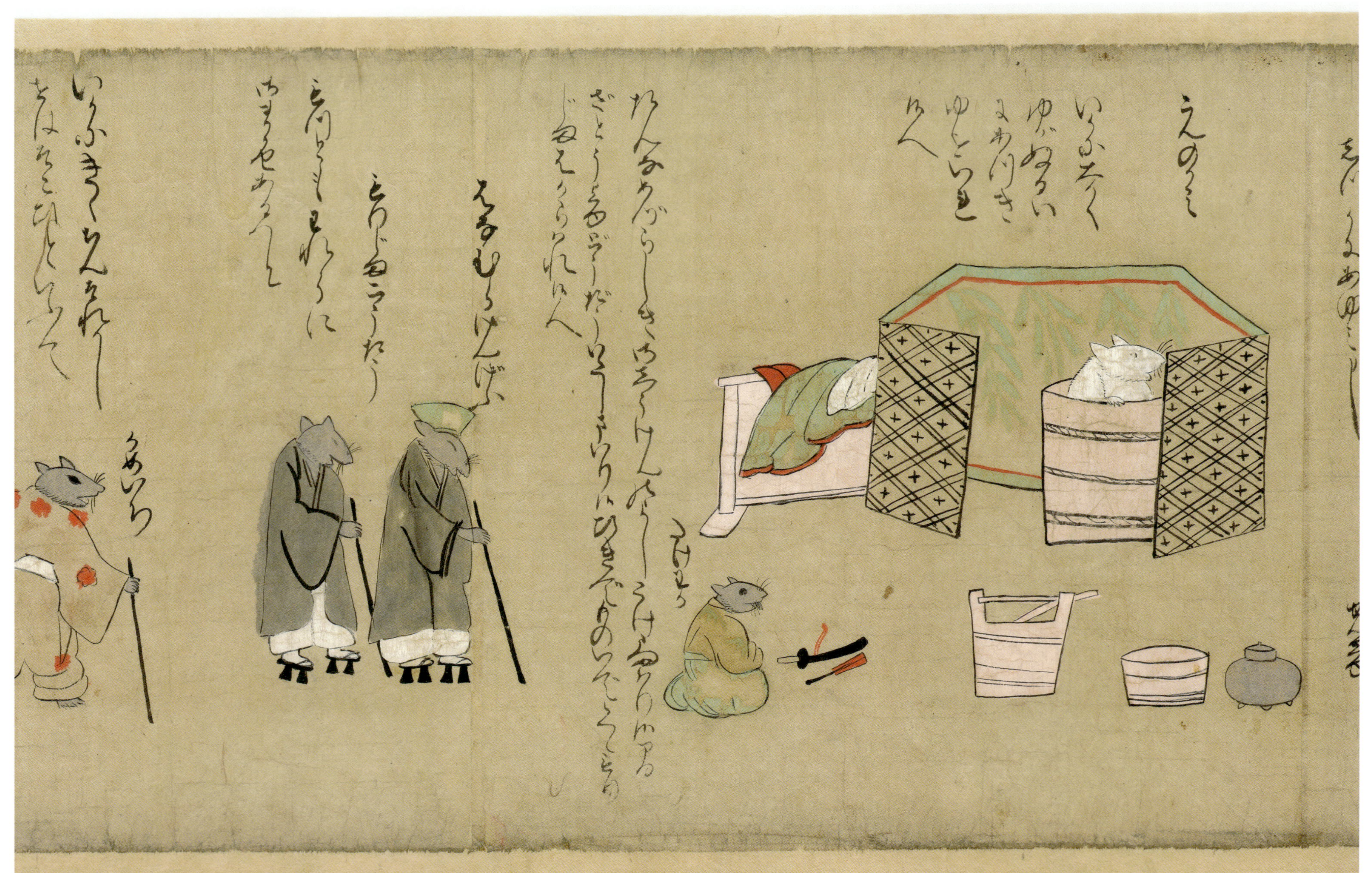

（16）

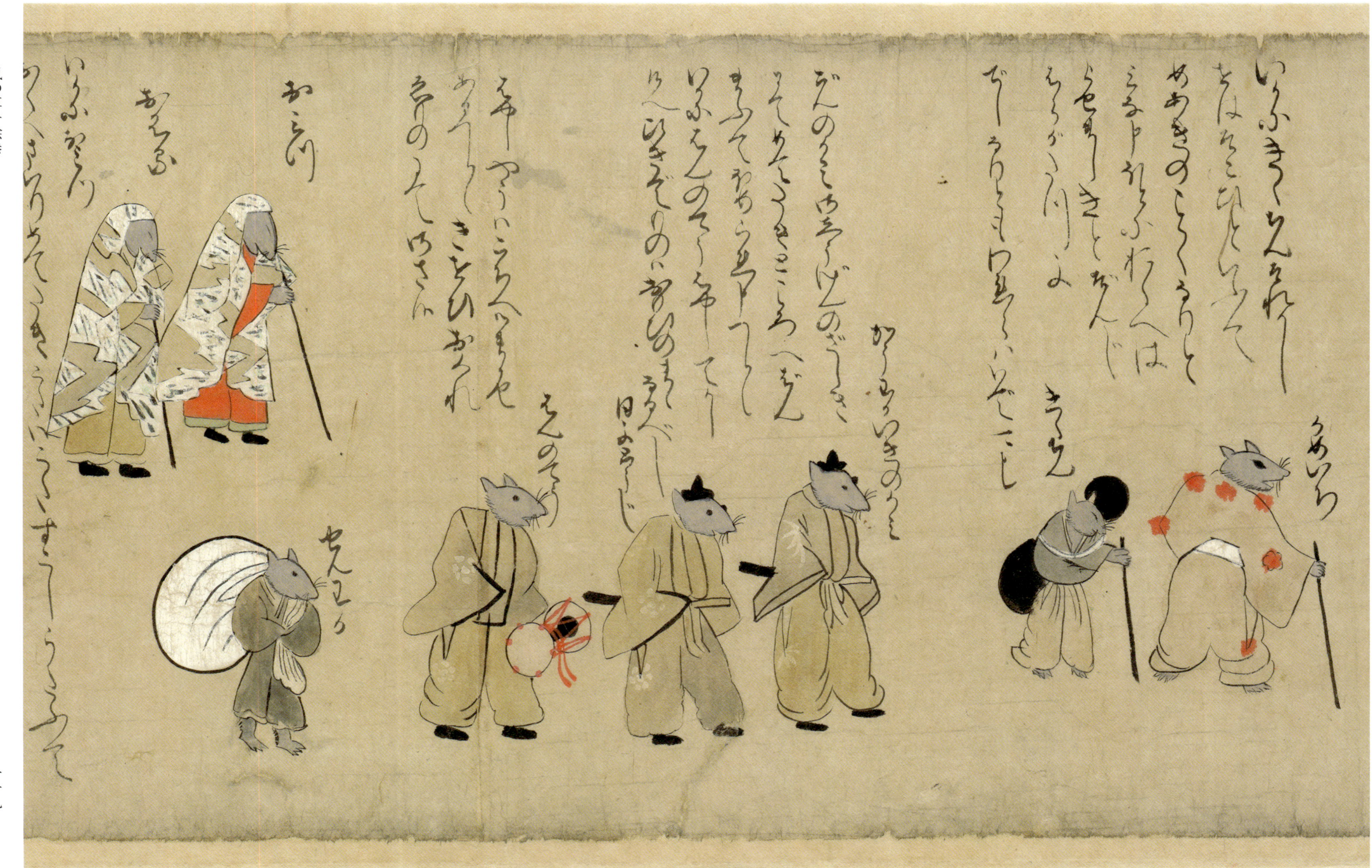

（17）

（18）

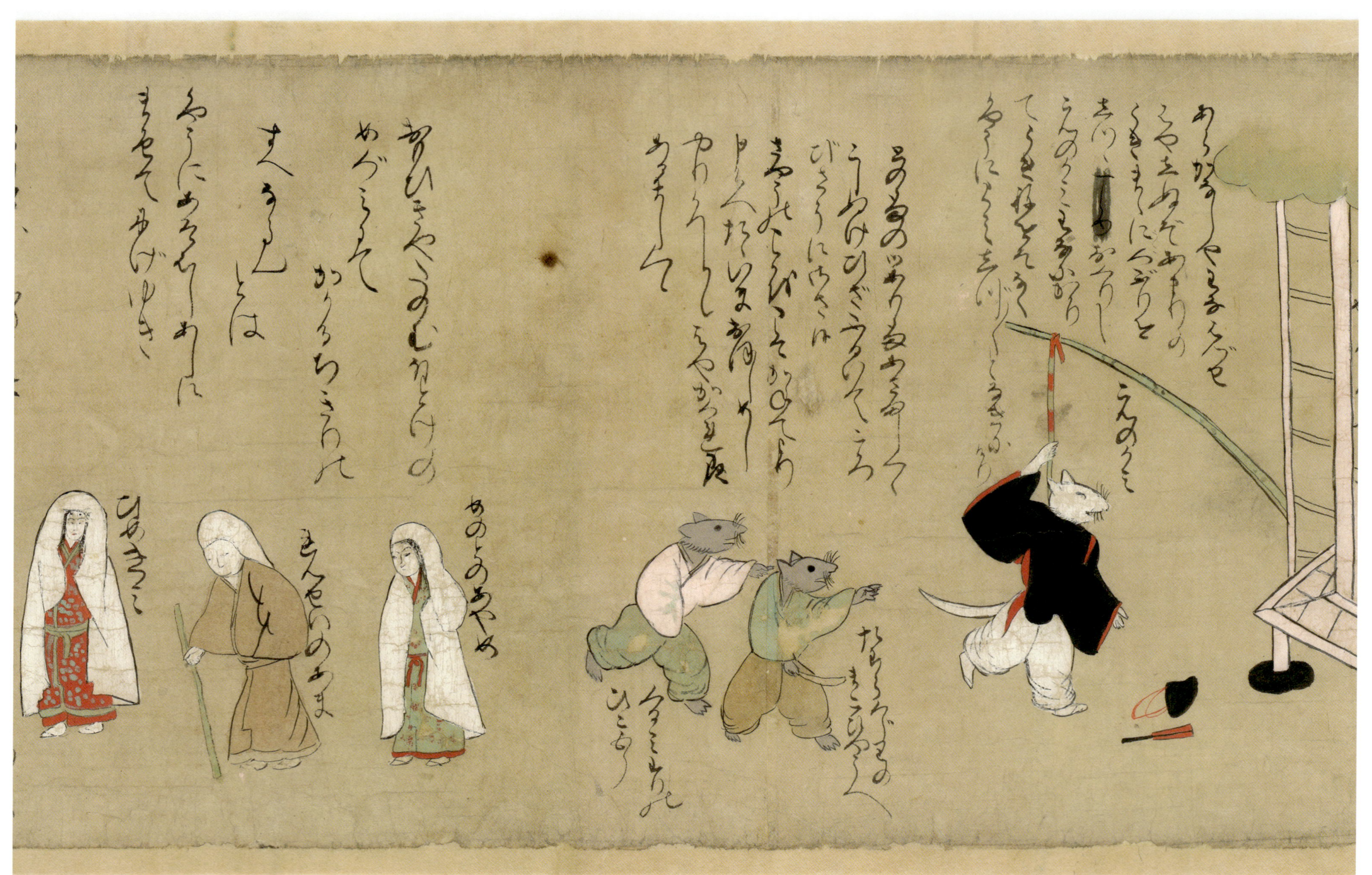

(20)

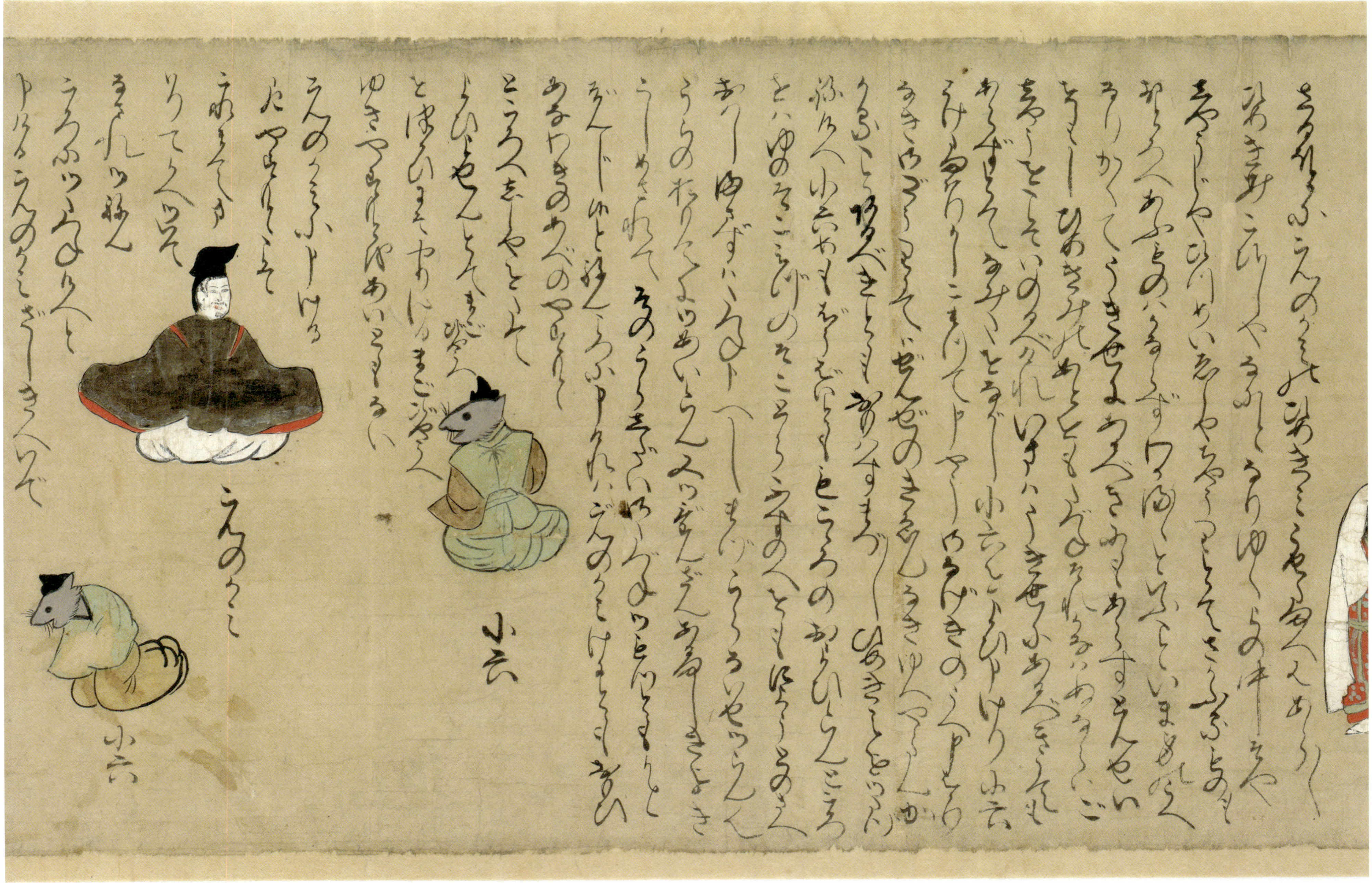
小六
小六

(22)

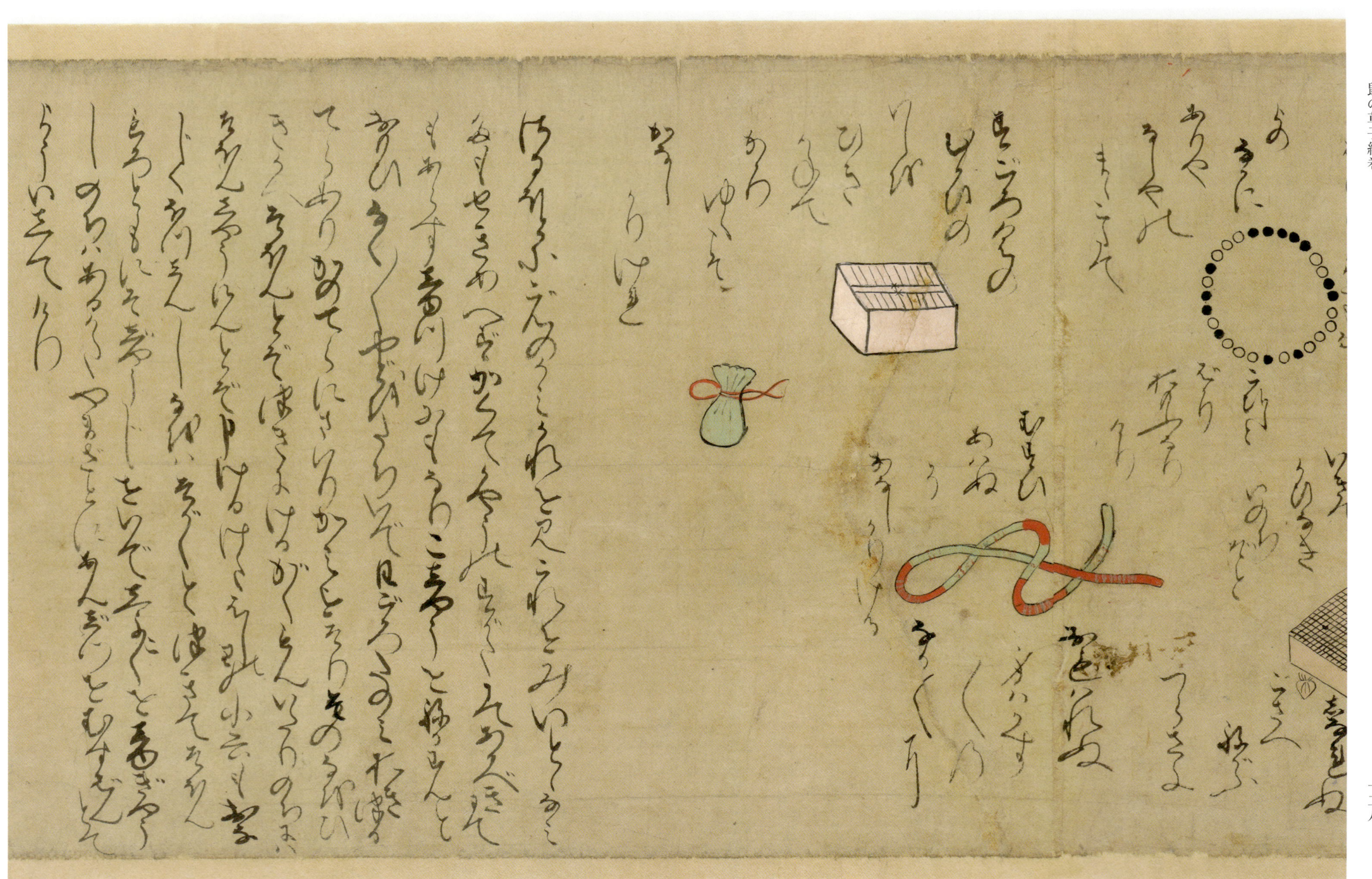

（30）

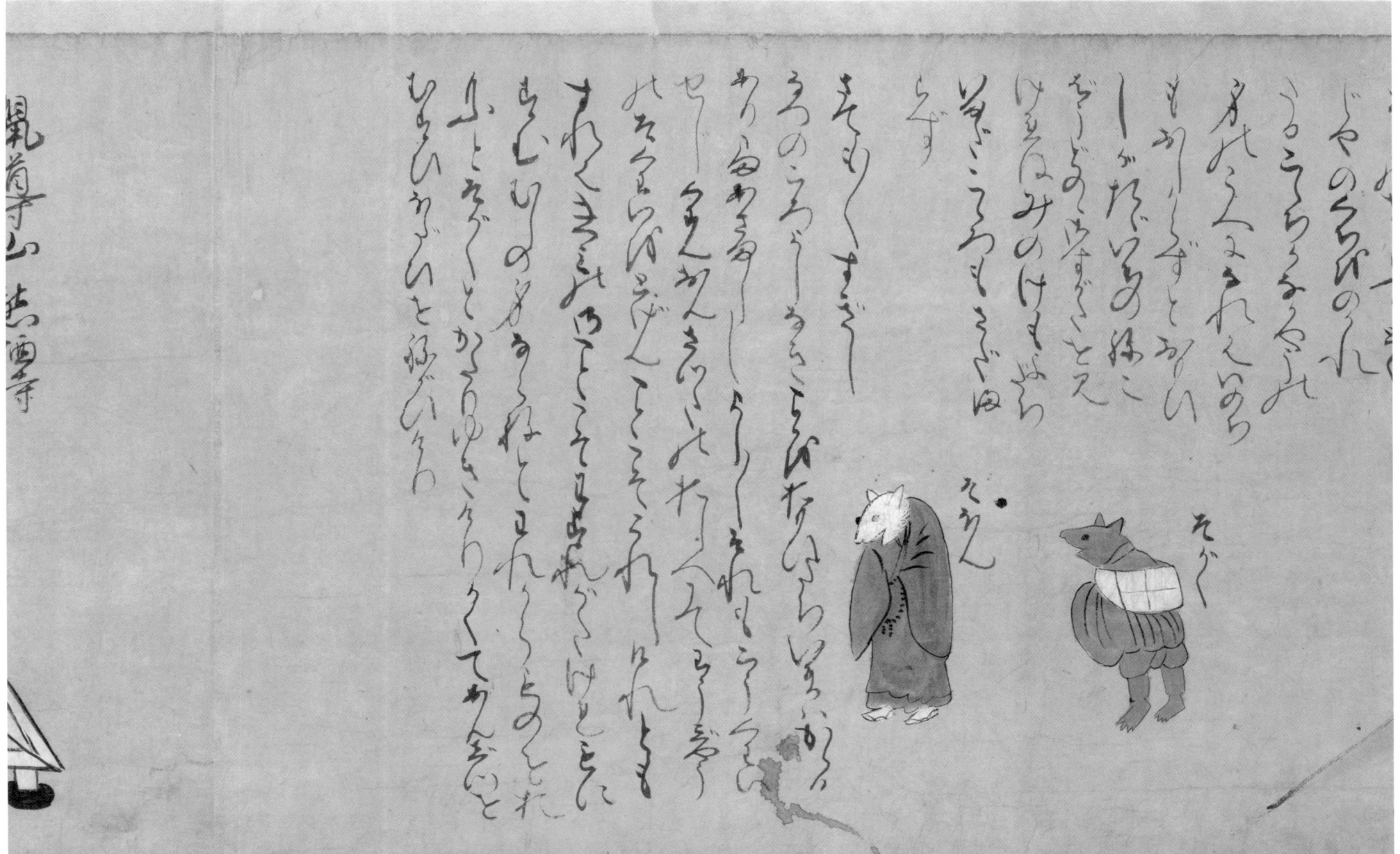

鼠の草子絵巻　巻尾

# 鼠の草子絵巻

別本

鼠の草子絵巻 別本　表紙

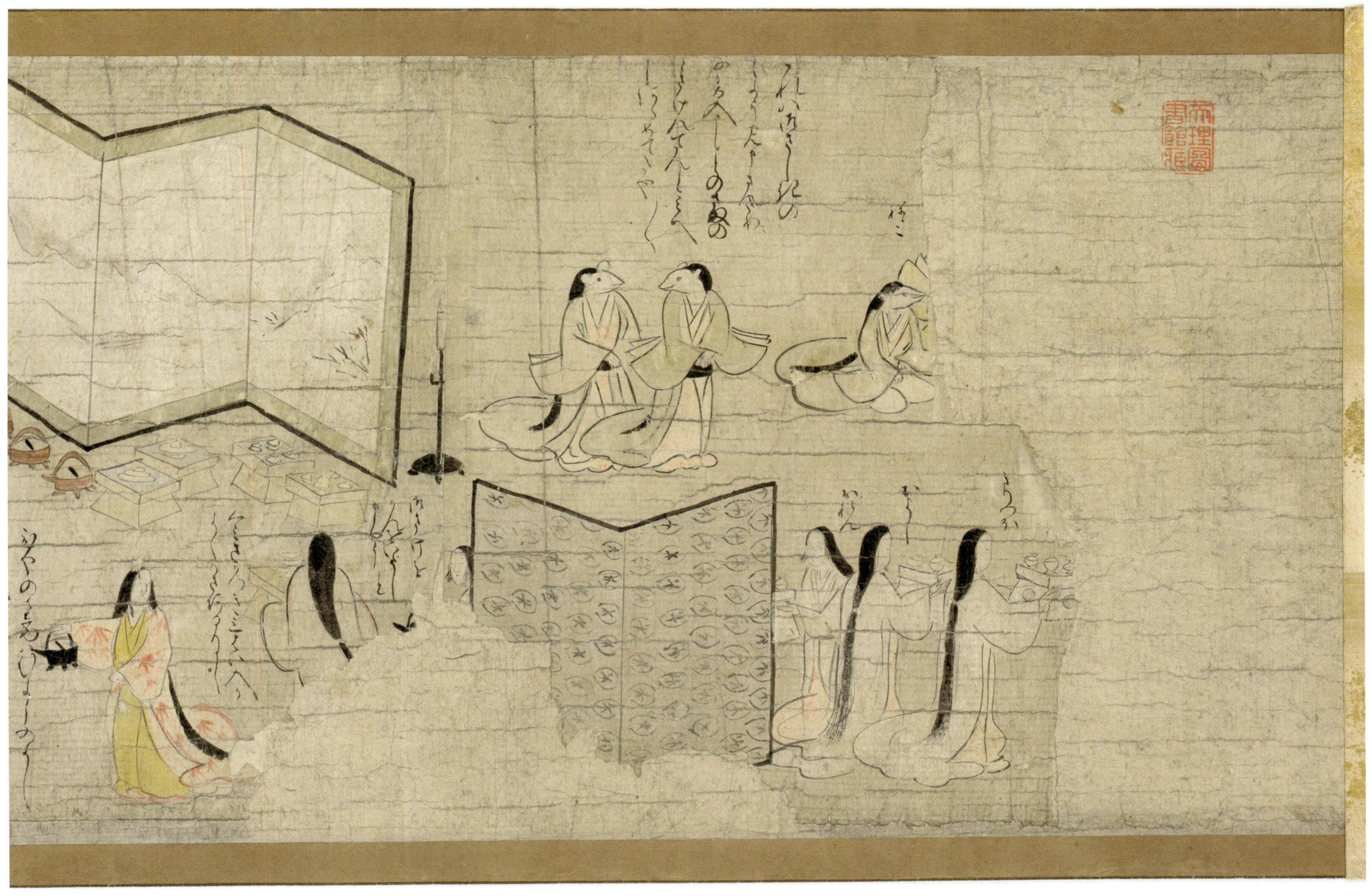

（2）　（1）

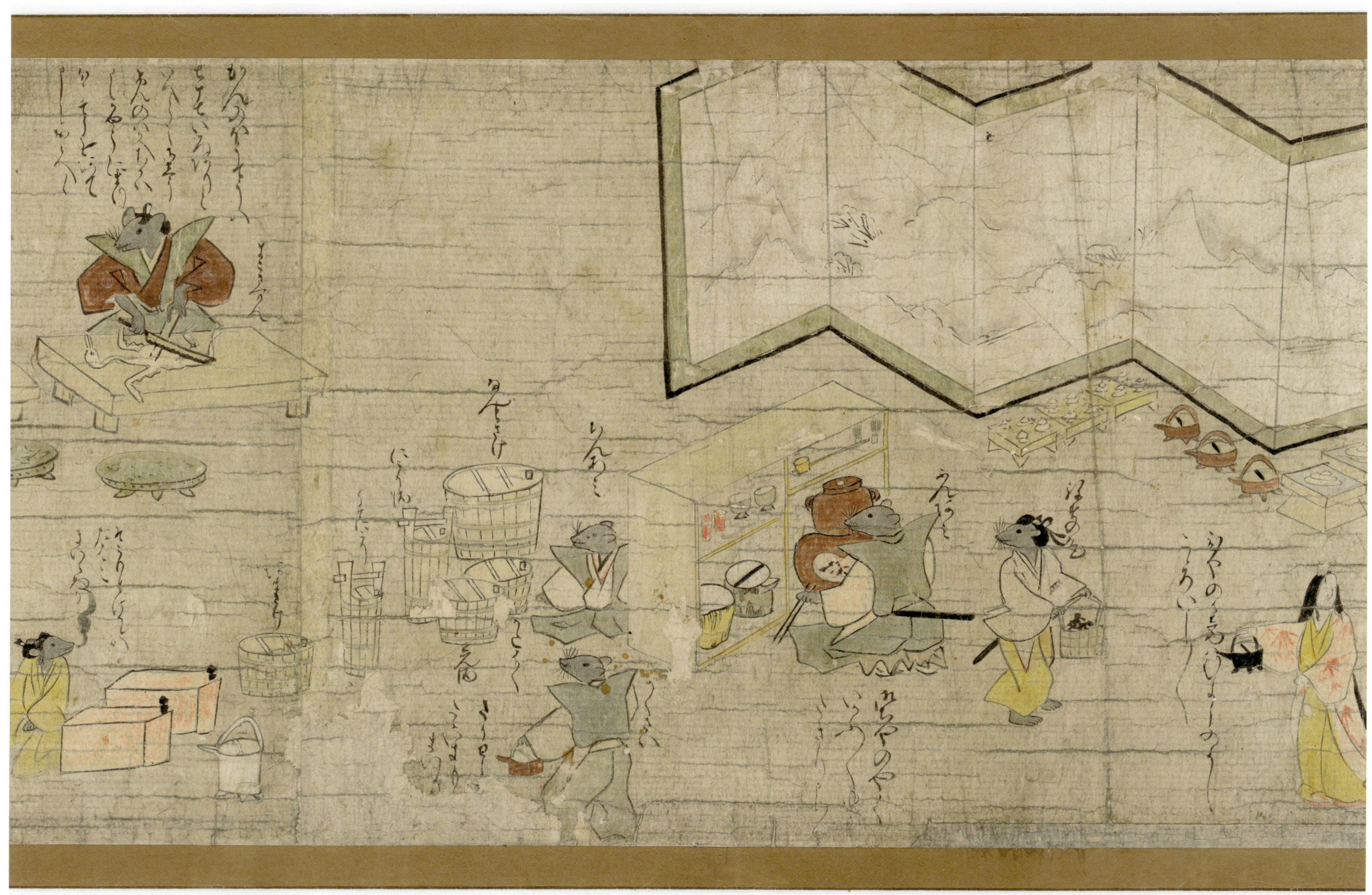

（3）

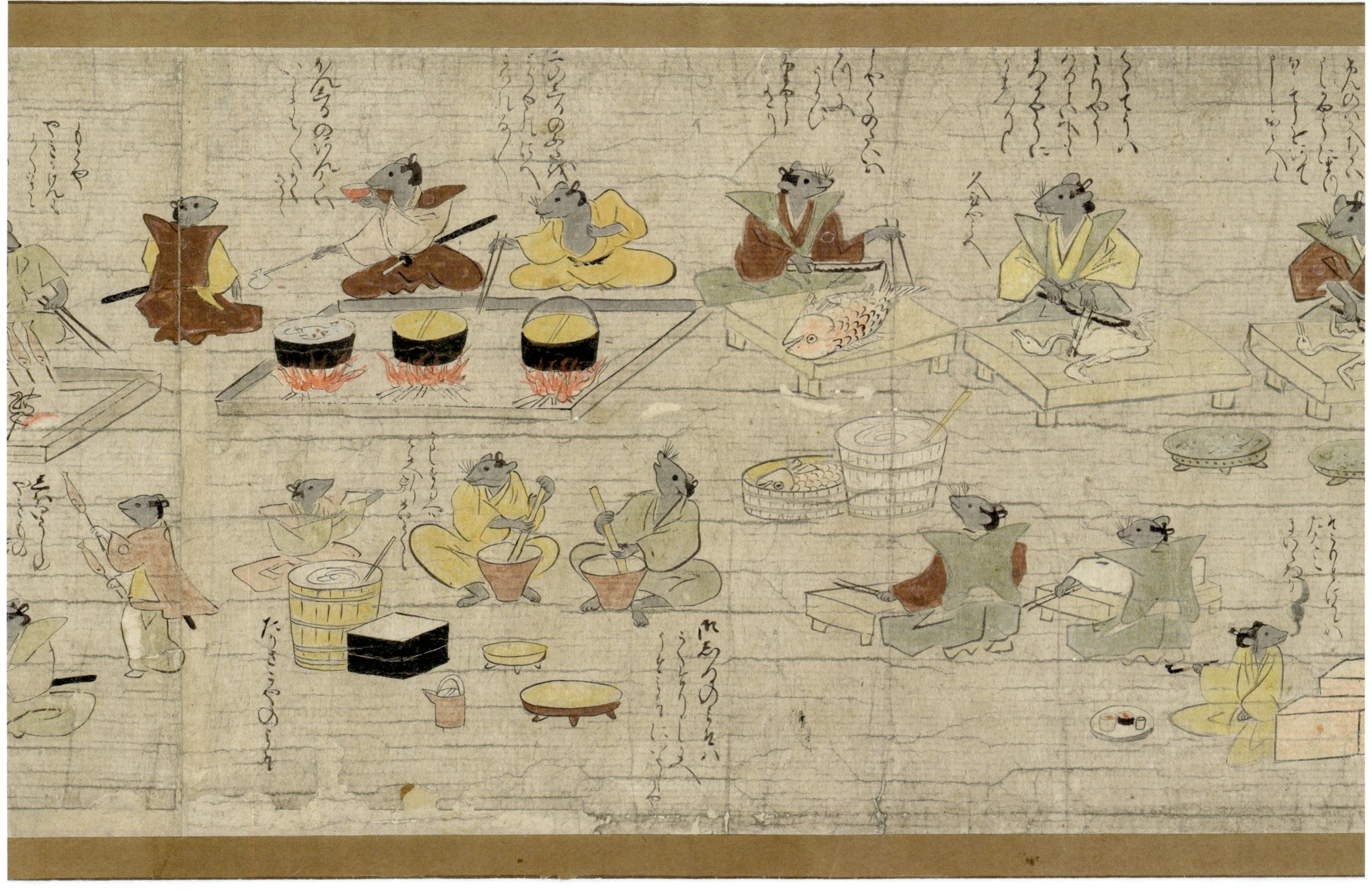

（4）

（5）

（7）

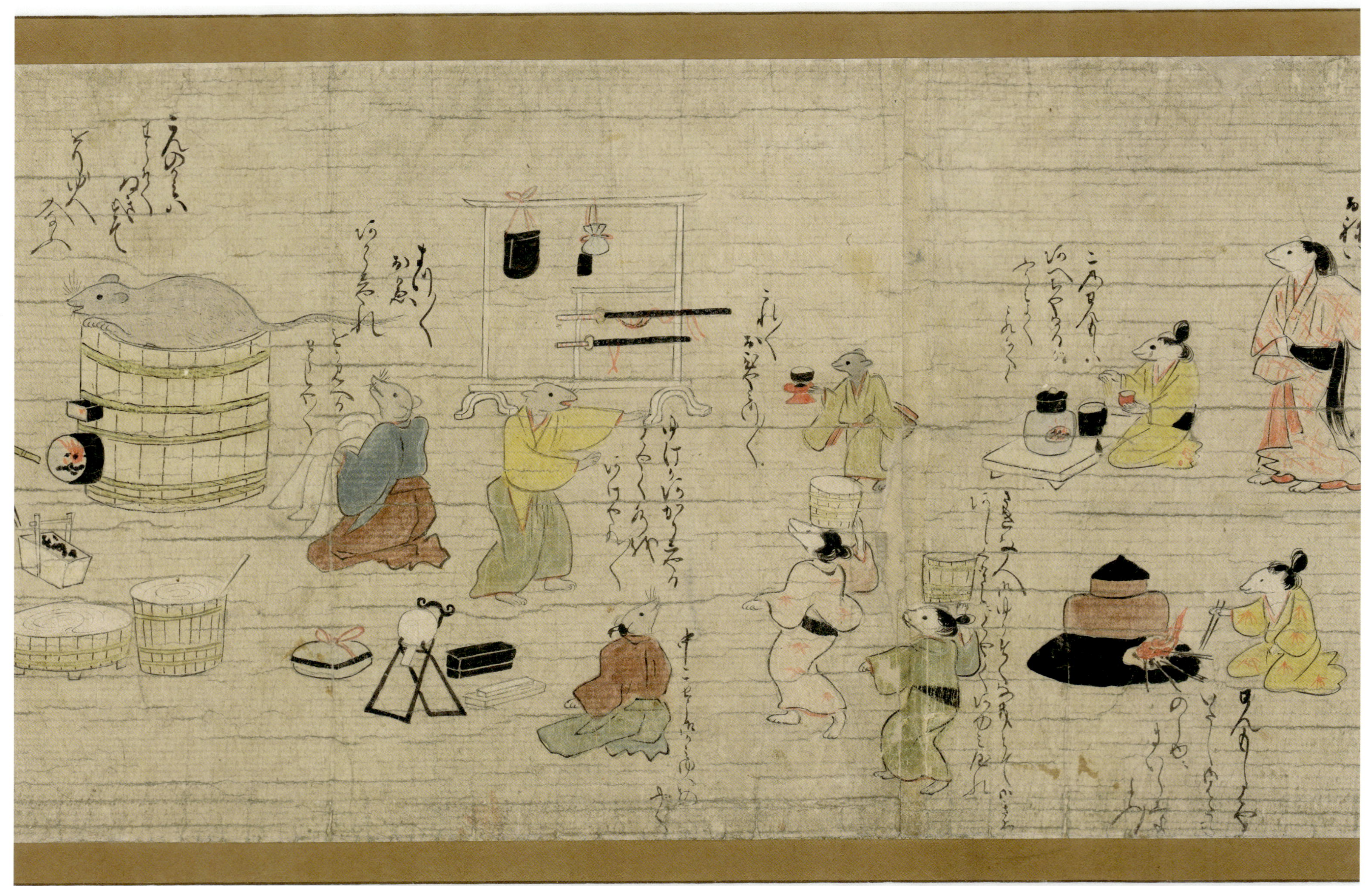

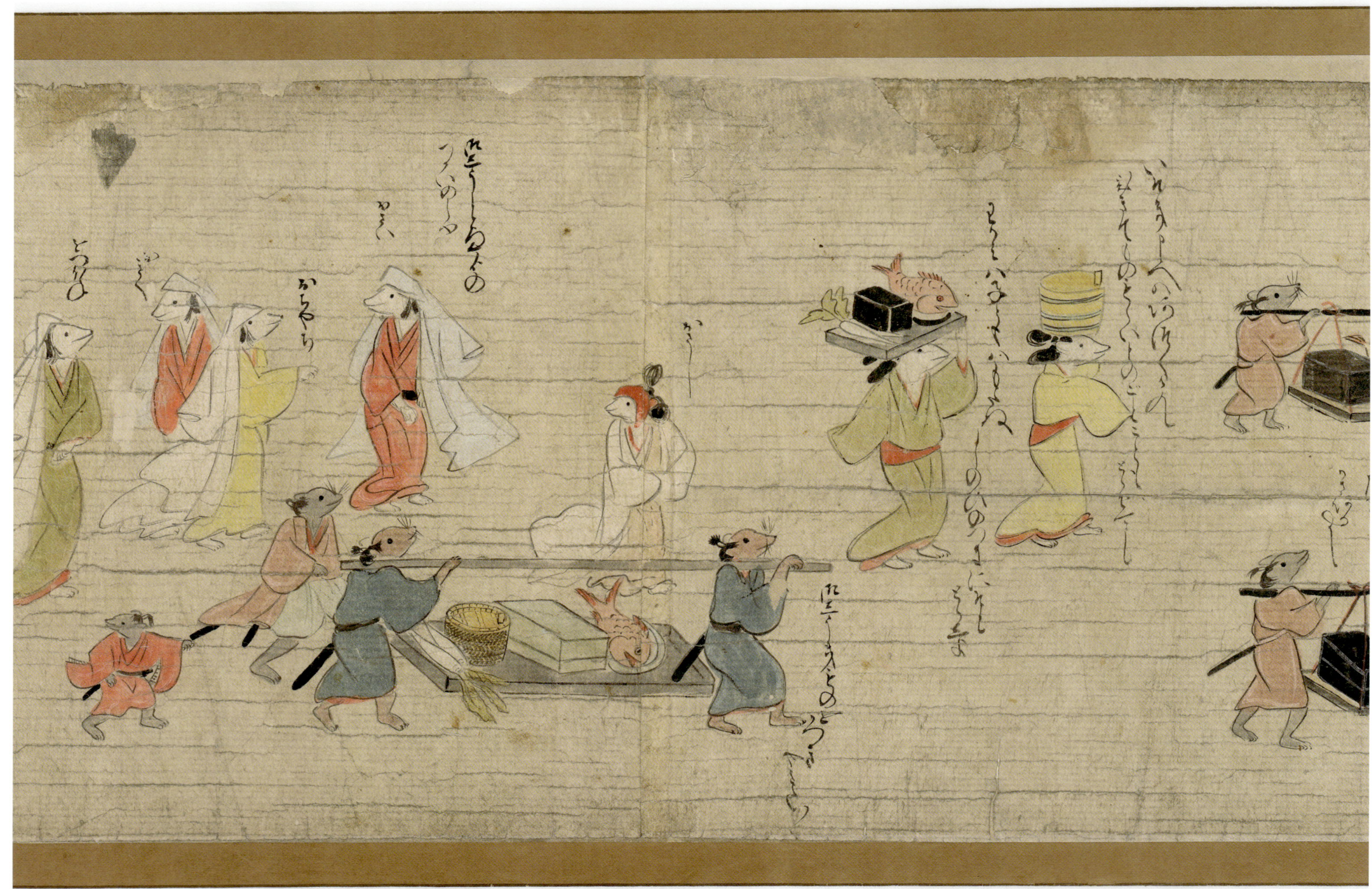

(10)

(11)

（12）

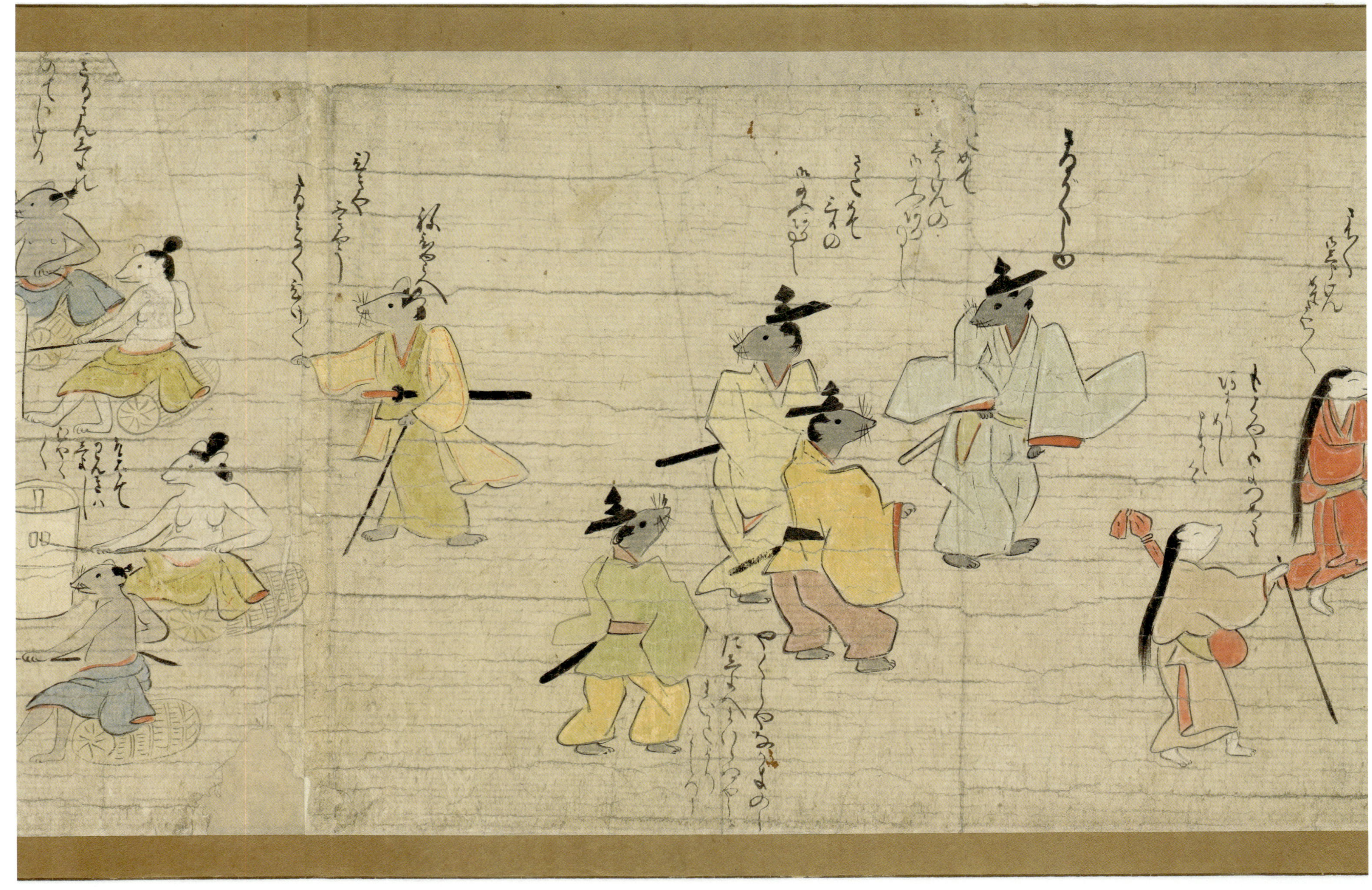

（13）

(15)

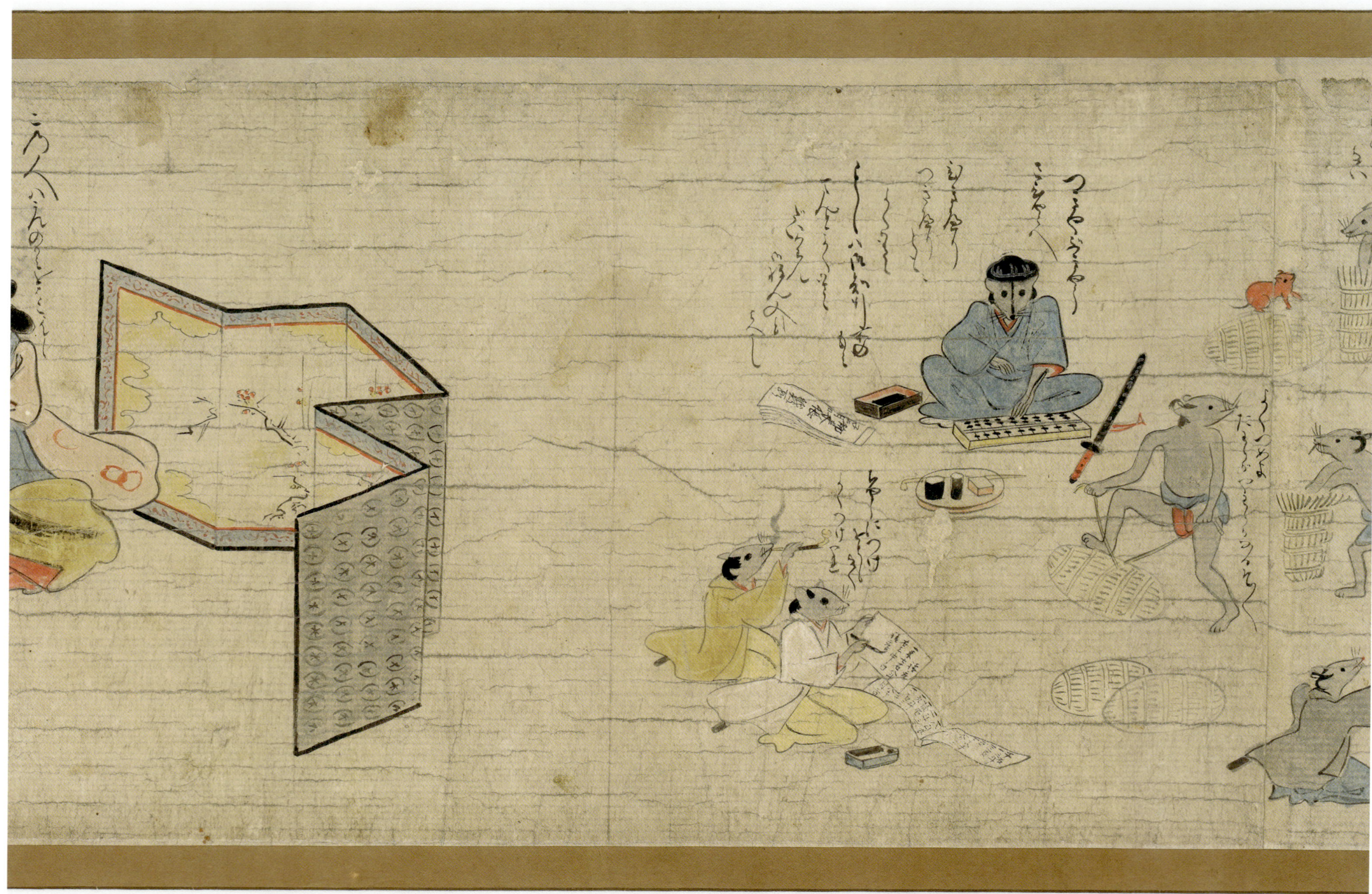

（16）

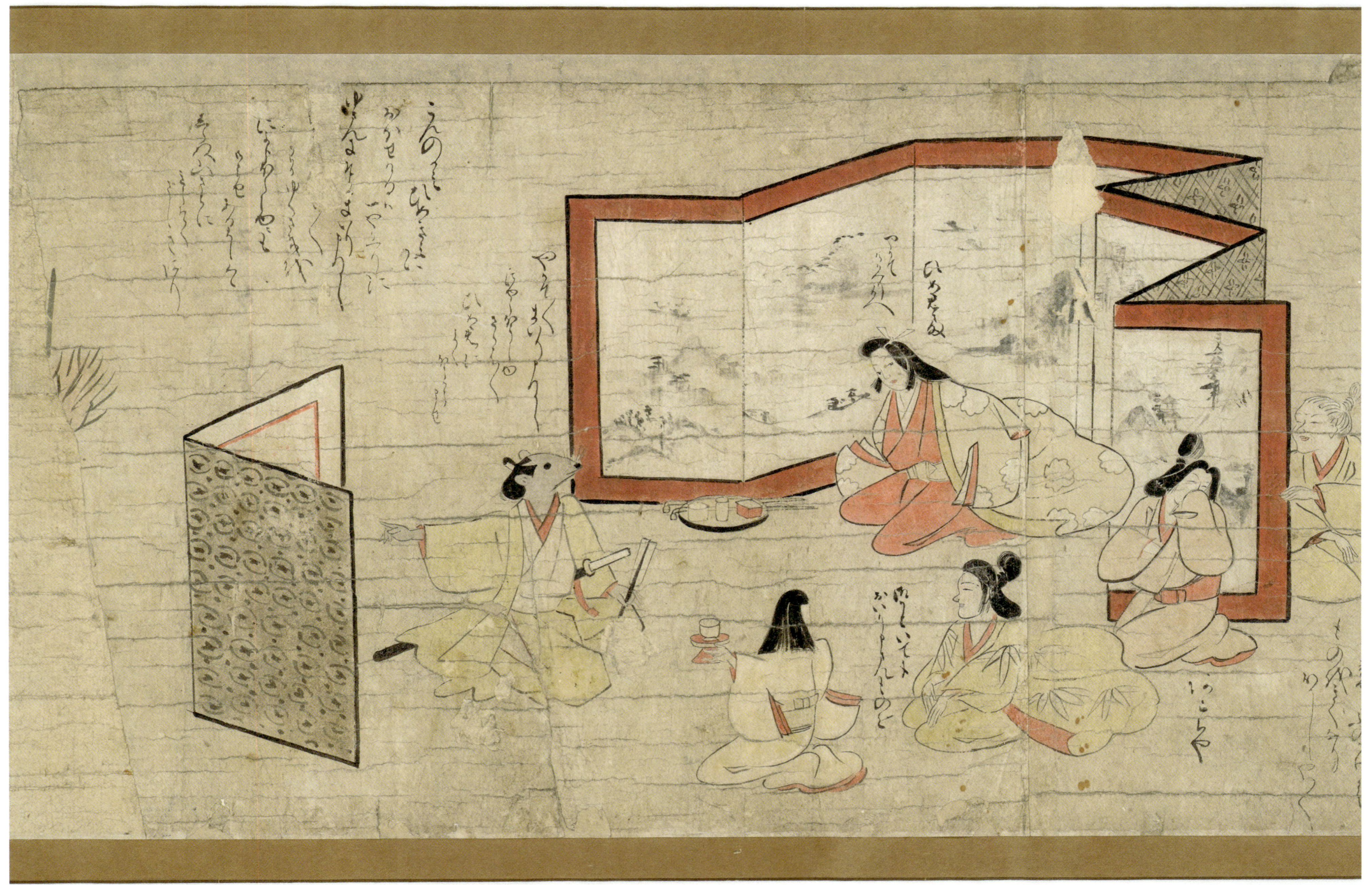

（18）

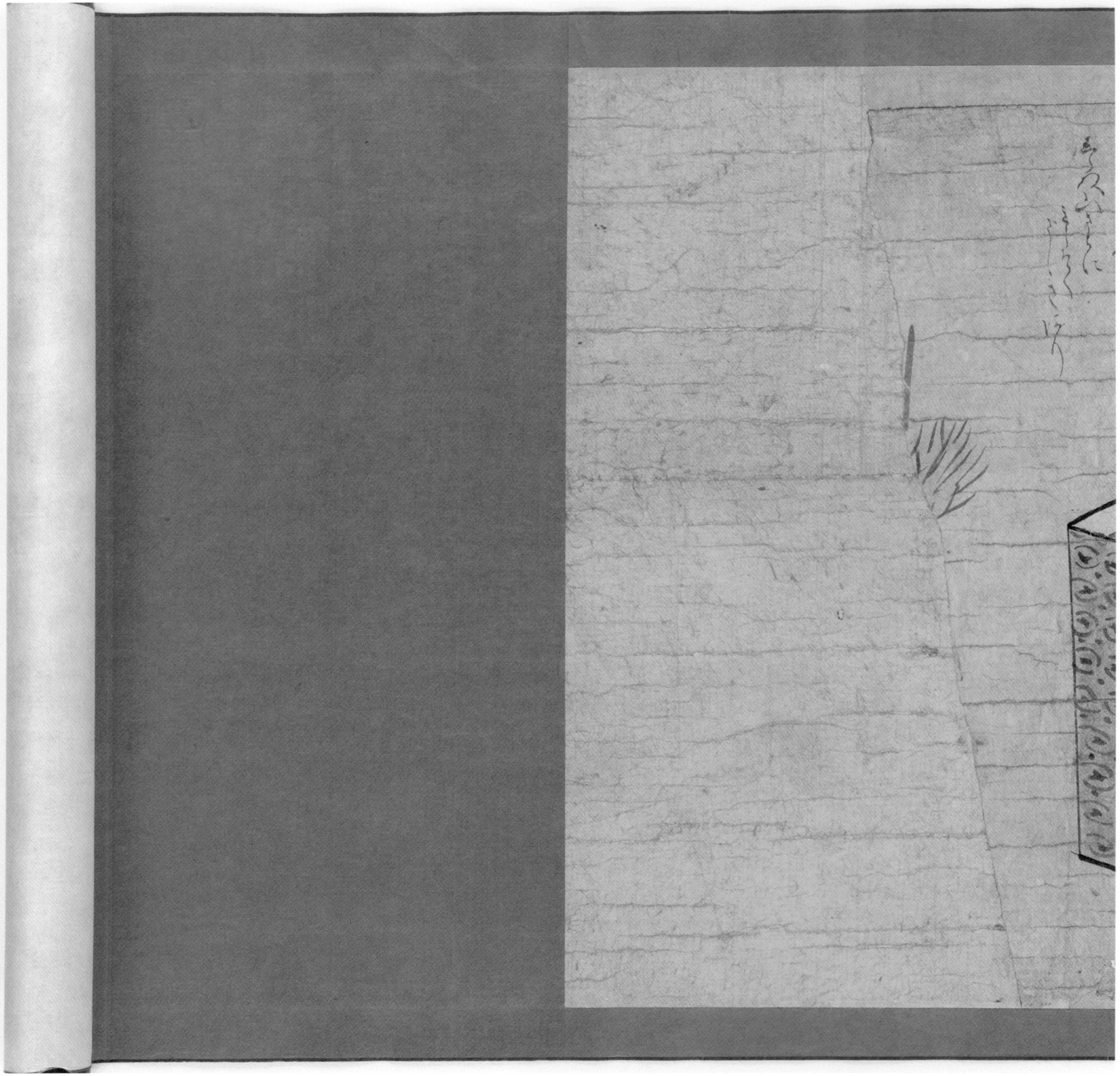

# やひやうゑねずみ

9135
1147

天理圖書館
294200

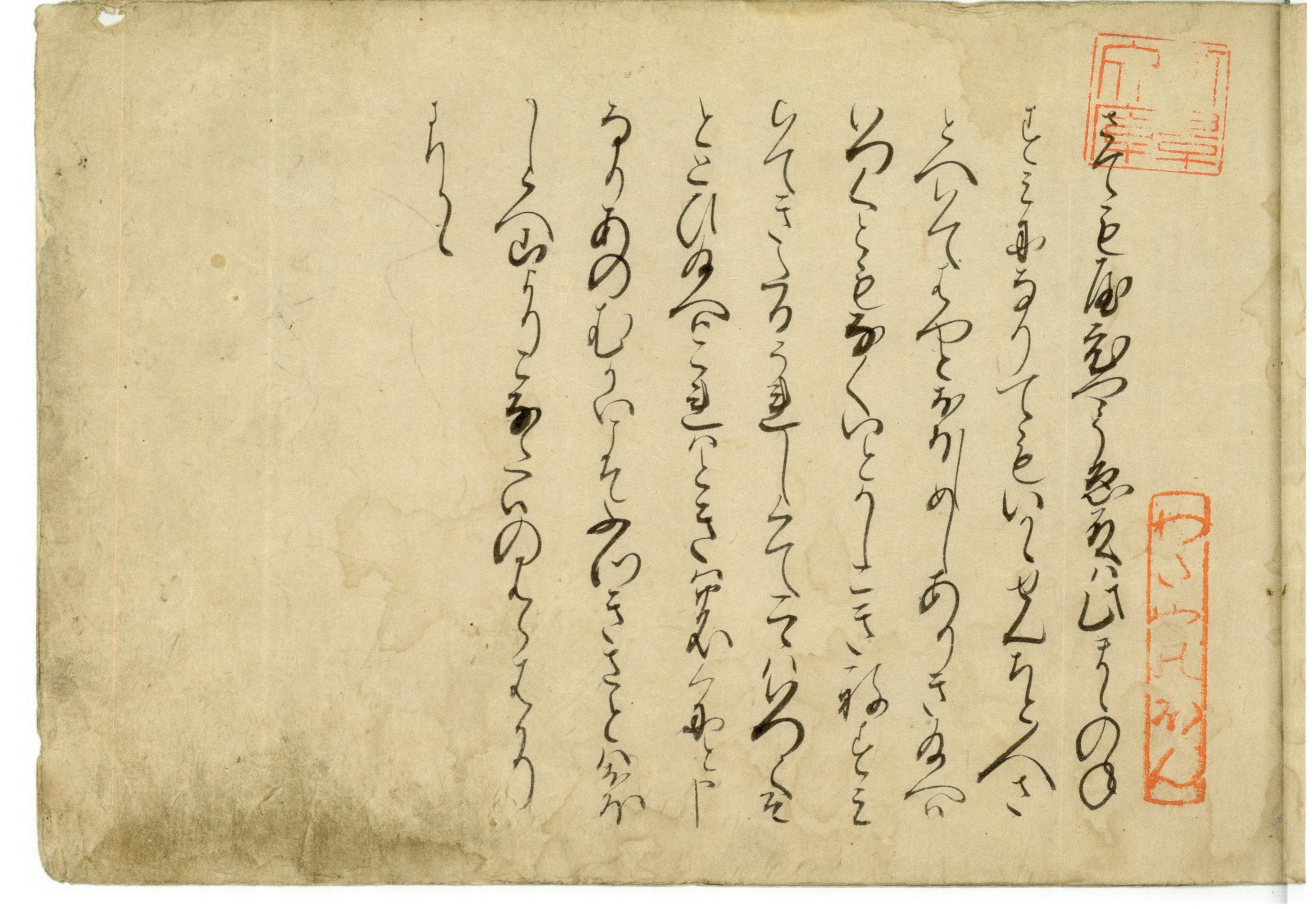

けるくうきハ花をそるうみきん
あしころえうりやうきしの
りてころひろうにまふあらてゆりんをひて
らいきてろらやくろのやめまた
はきみちうしあえみかようよる
らさとのはきからぬそはくゆき
めくはてばやろうるまりとを
はらうまりてをうひころうねっ
きてるくいせてゆさてろすへ
てまてやゆきやとのくくうろ
タへゆろうかくてそくくうる
らうひやうとちちのらうってゑ
らめ山中やるてくいうまみゆきめっ

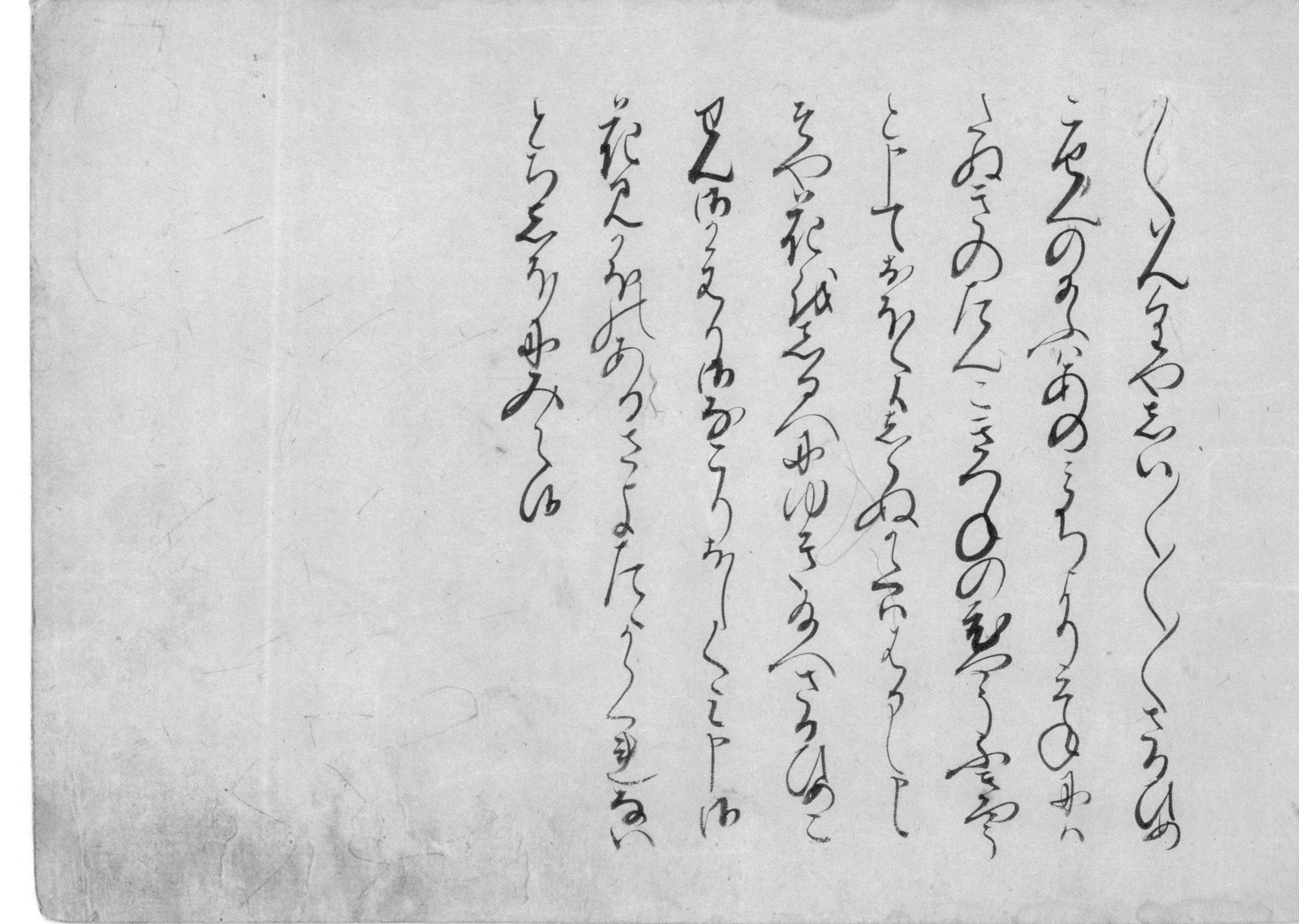

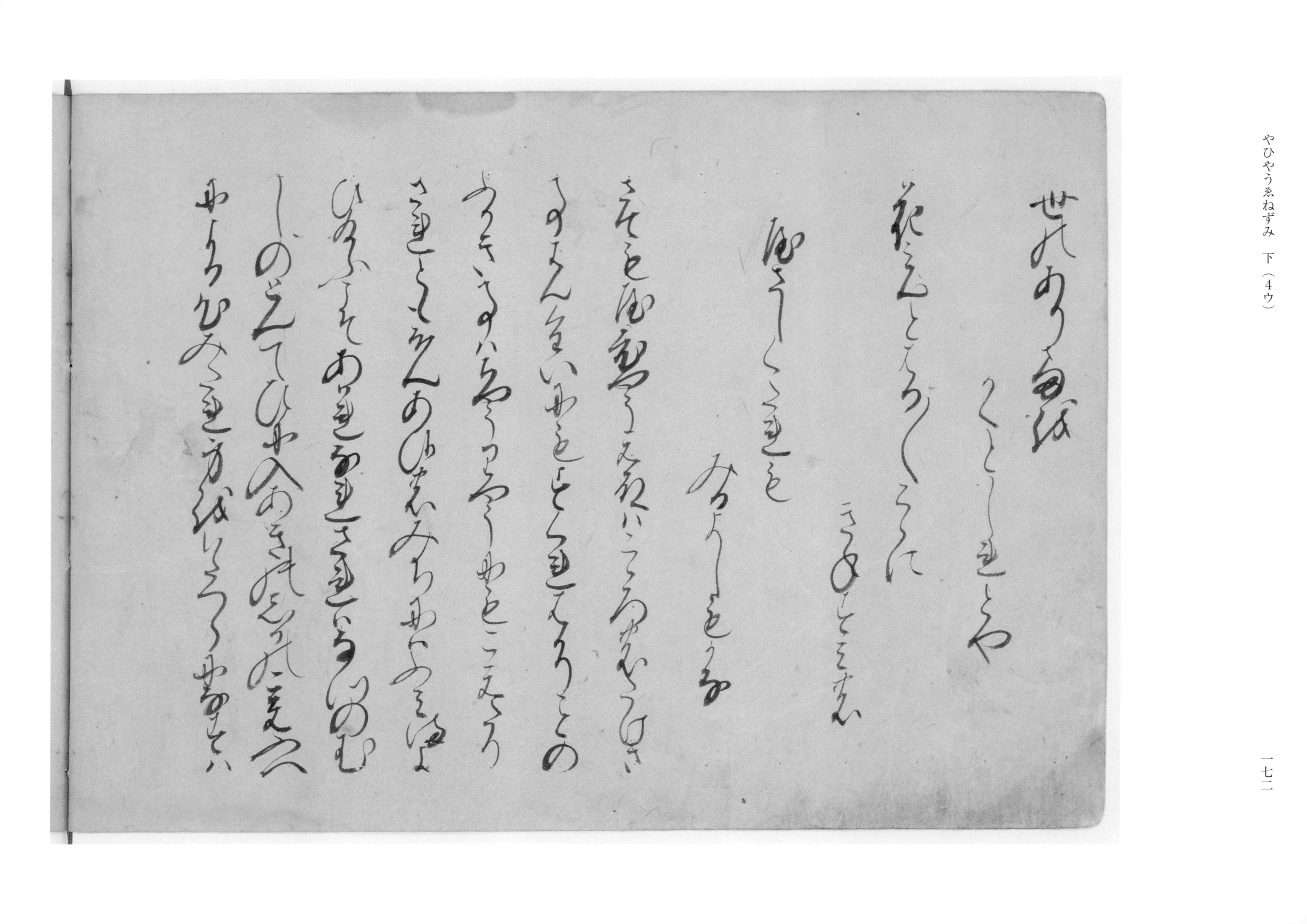

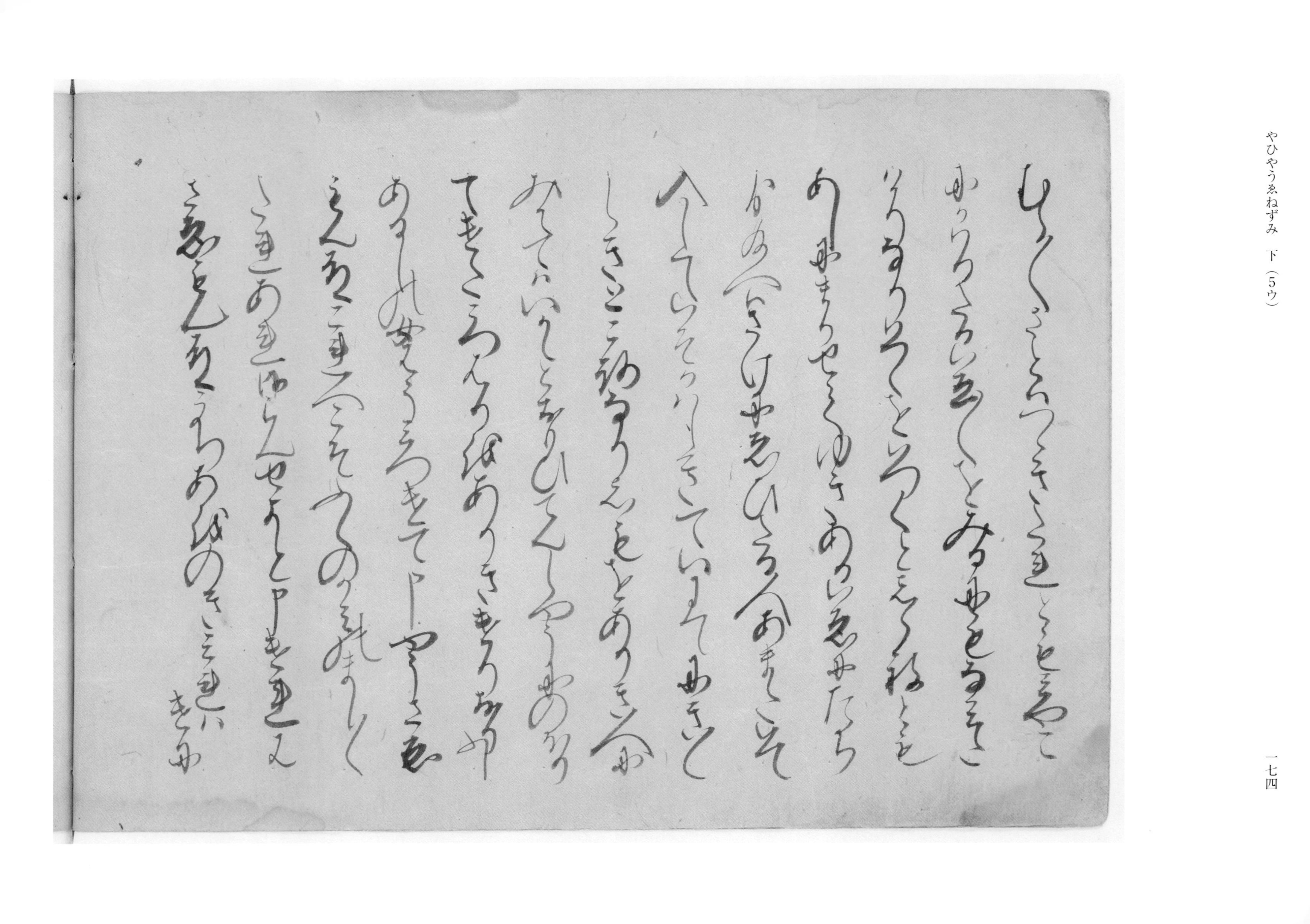

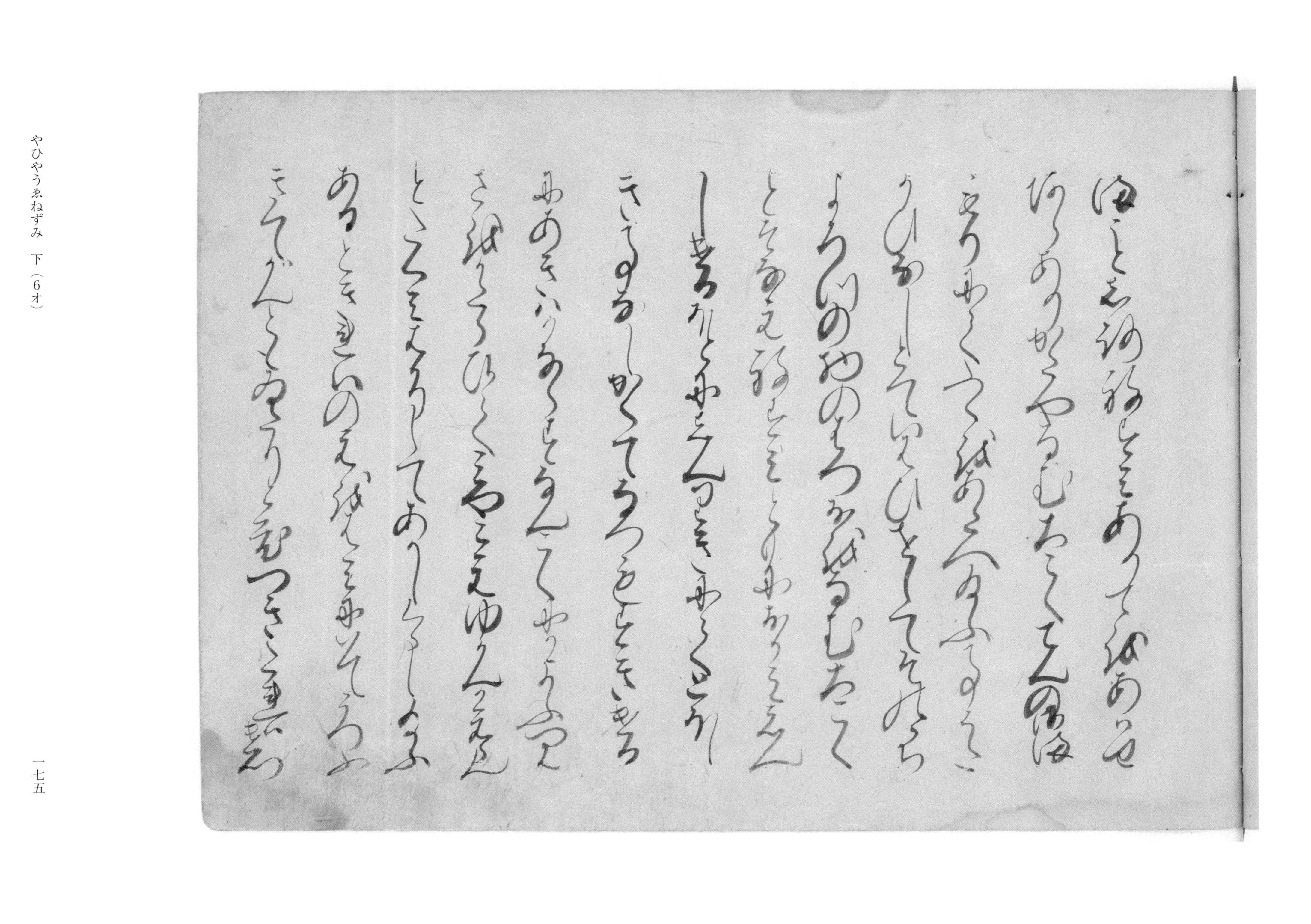

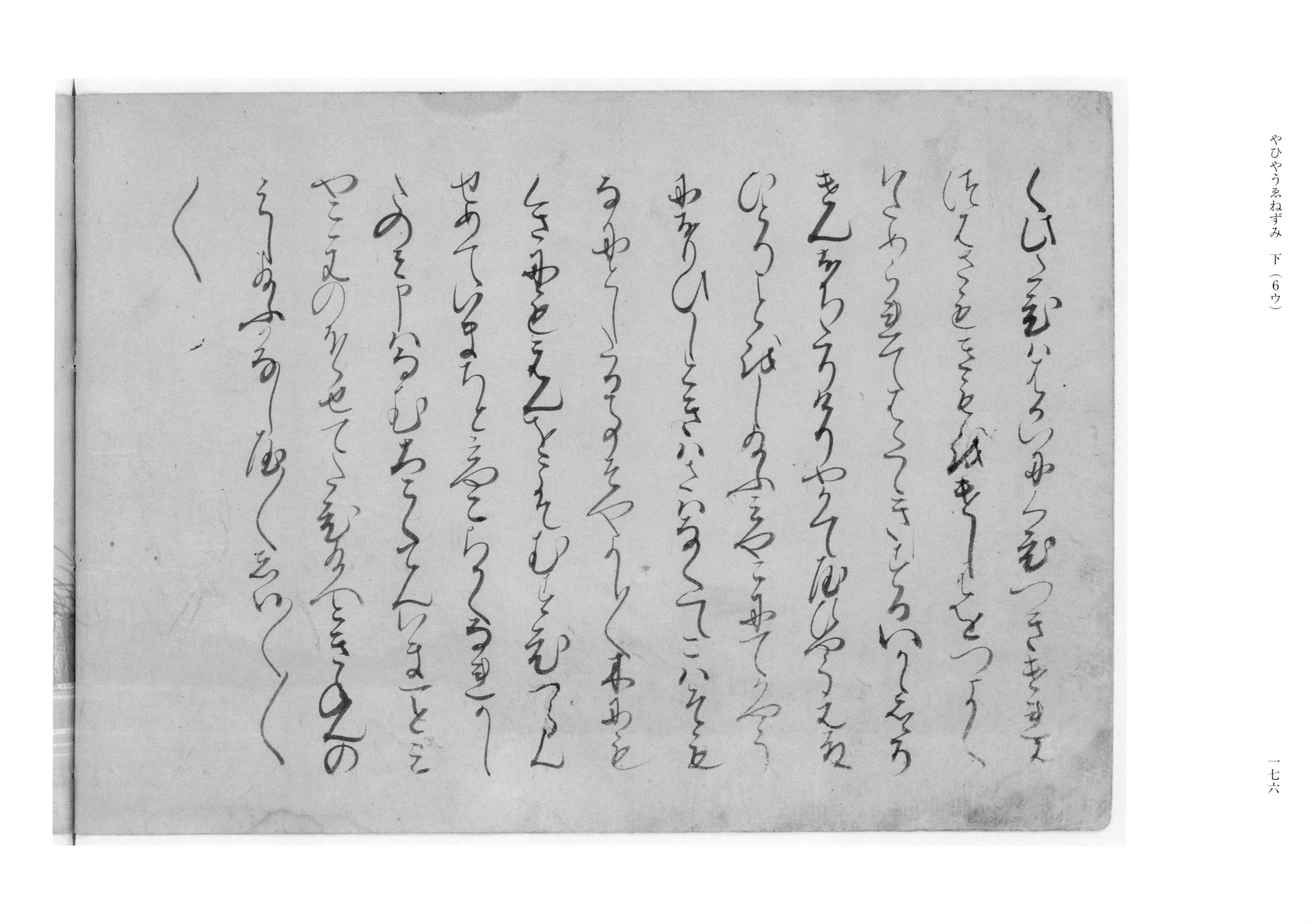

みかりひうへて一をい一らてはうを
ゑむうゑあとのうきまうんにあり
ゑいそてまうとのうけきてにいうを
うゑてしとうくきててあうくうし
うゑりとゆめうつたうりうまうそろ
きうしききあうつここねえ
さうしここをめろまうてやうきこ
おゆくゑうのいるうきふつあのう
えあとううゑへそうしあ
まおこことおうしきりめう
もろうあうううくきあまてゑん
とてあうりつくあうろゆふうゑう
ててうひむきことてあうねう

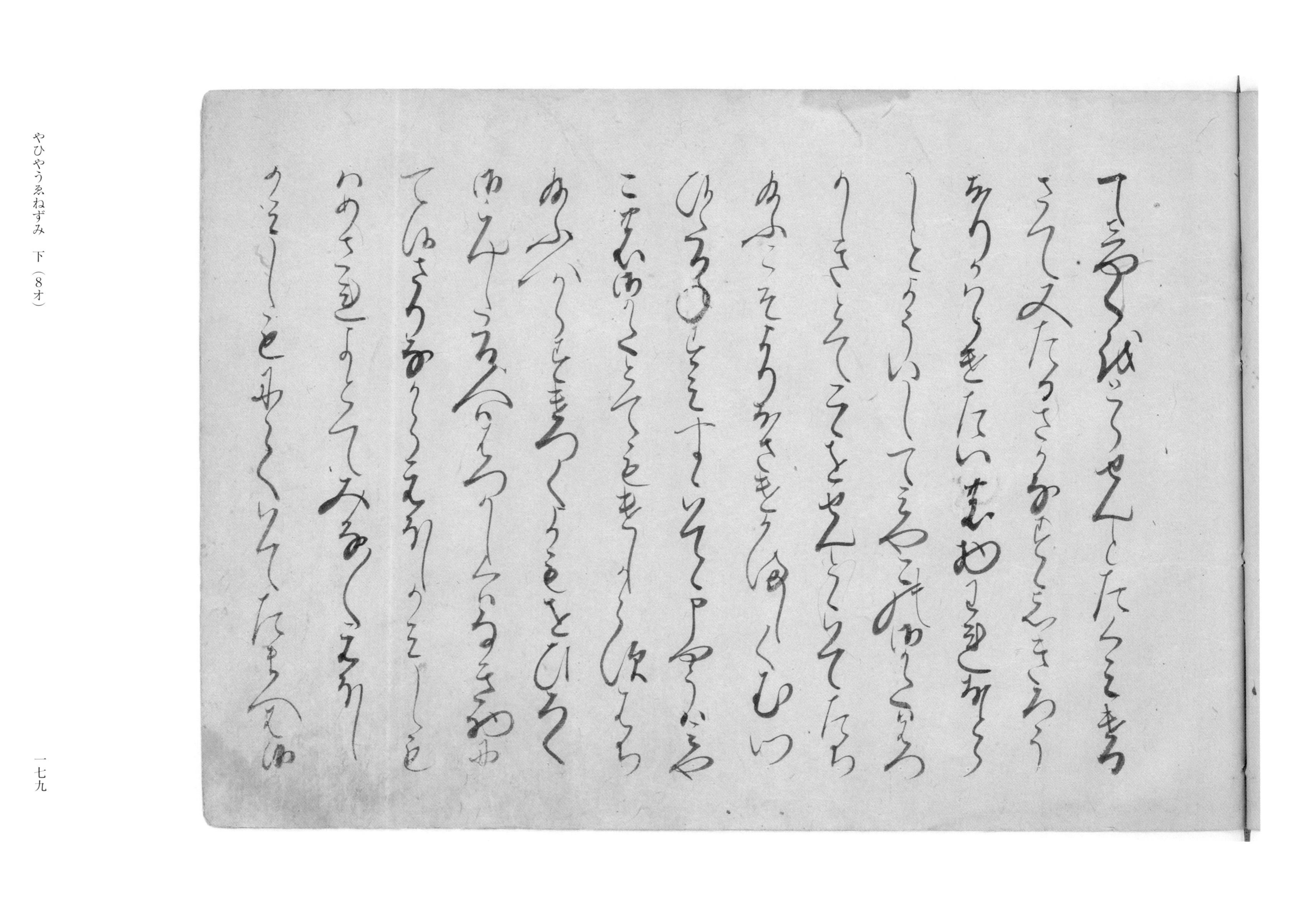

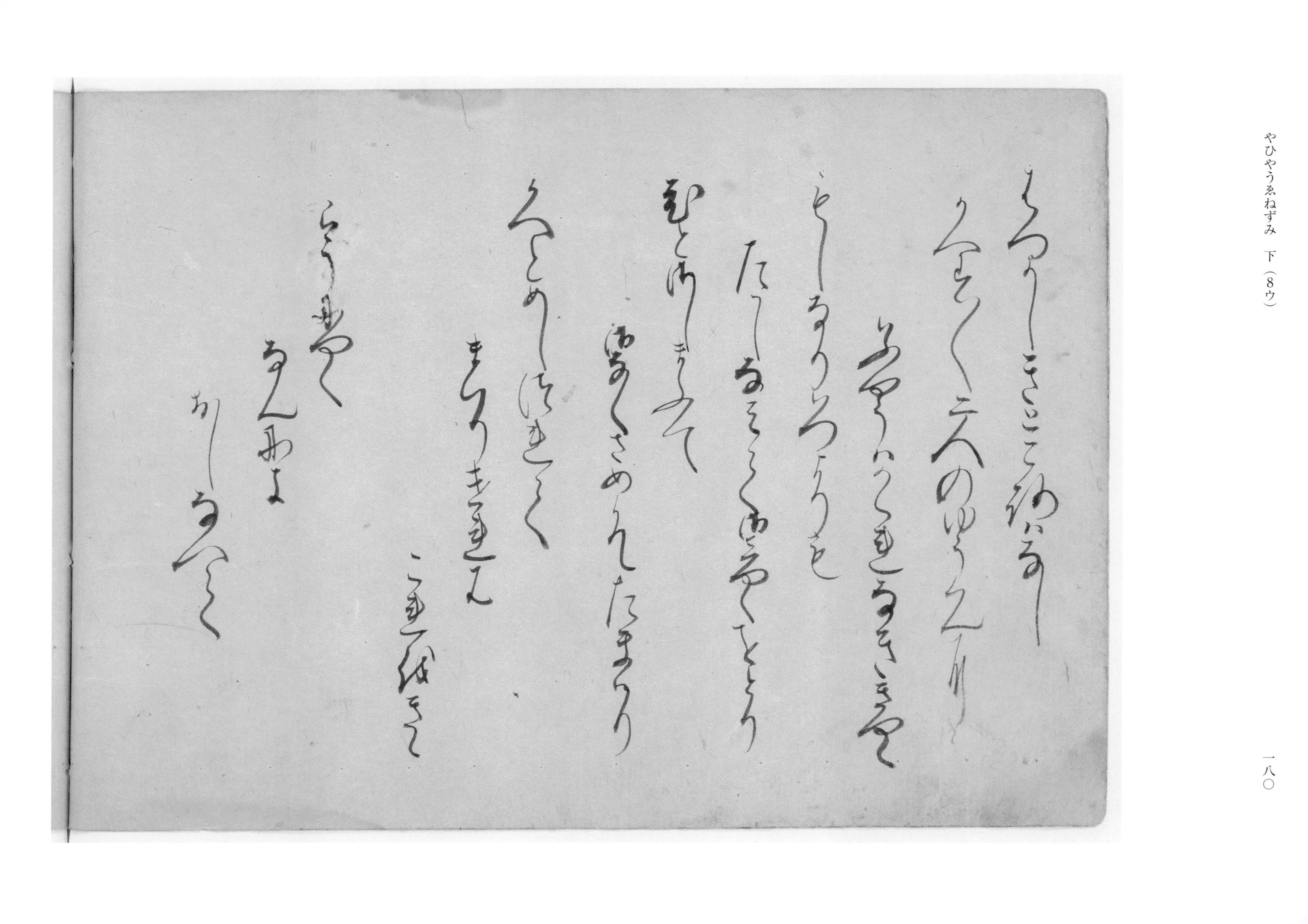

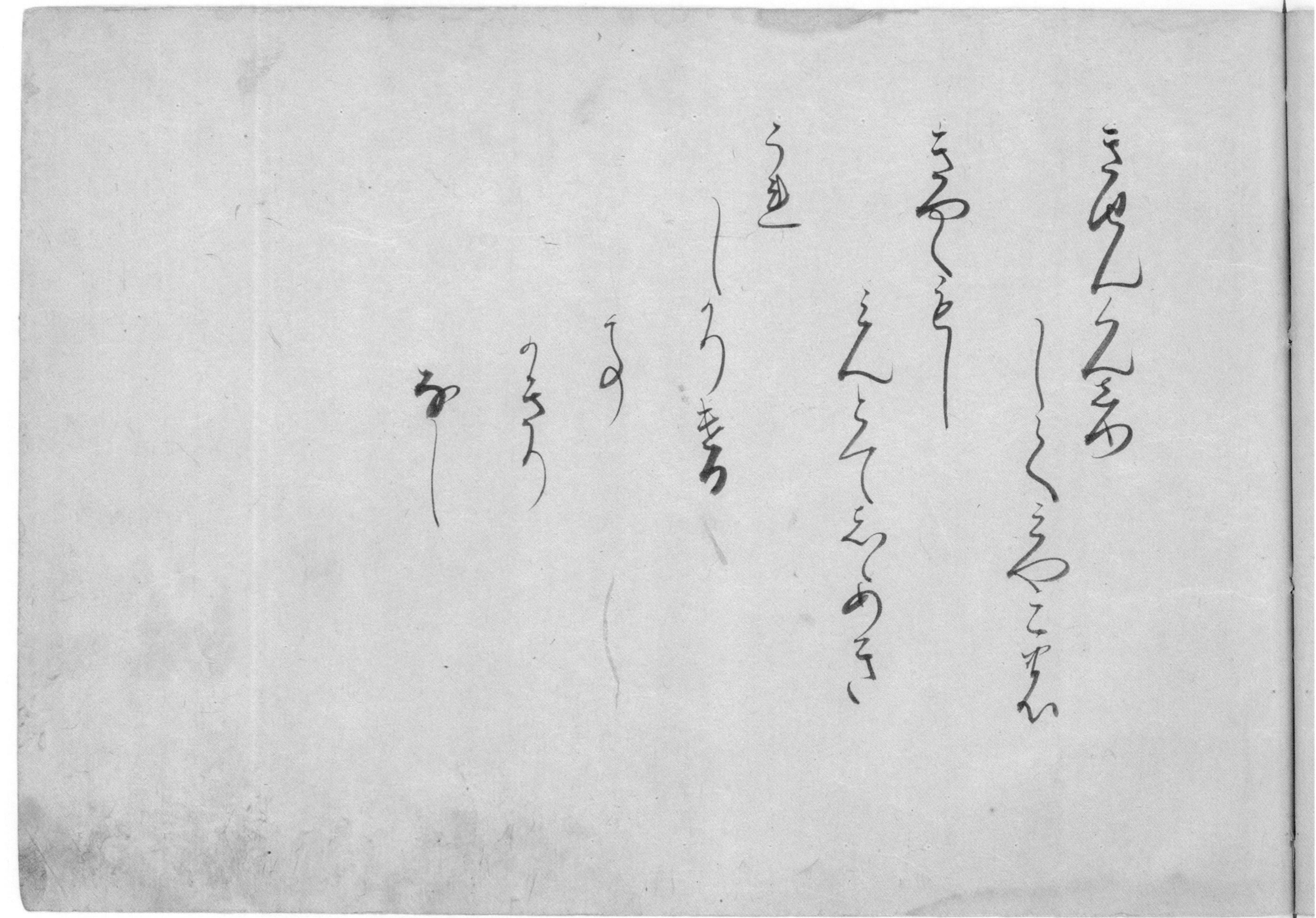

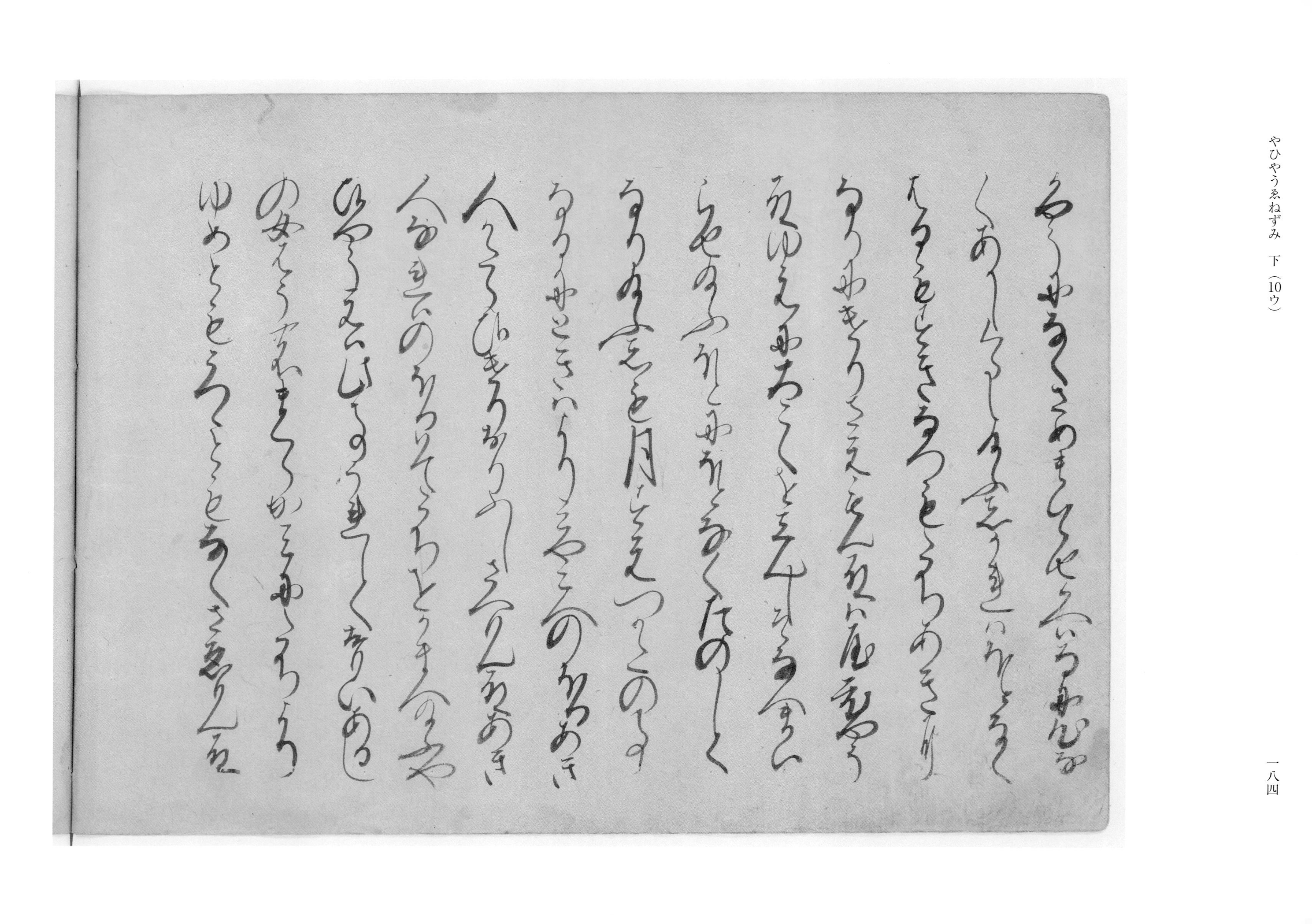

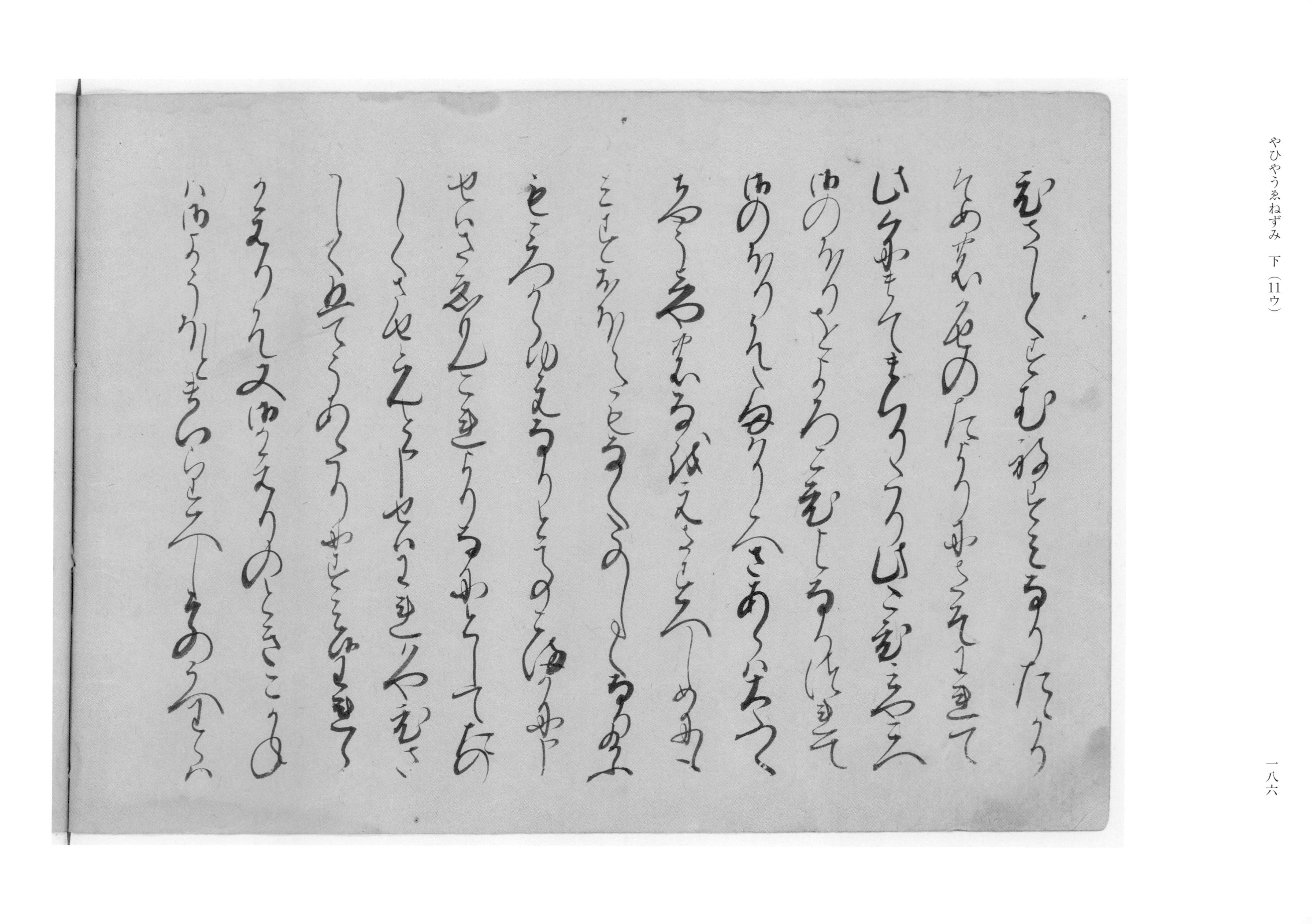

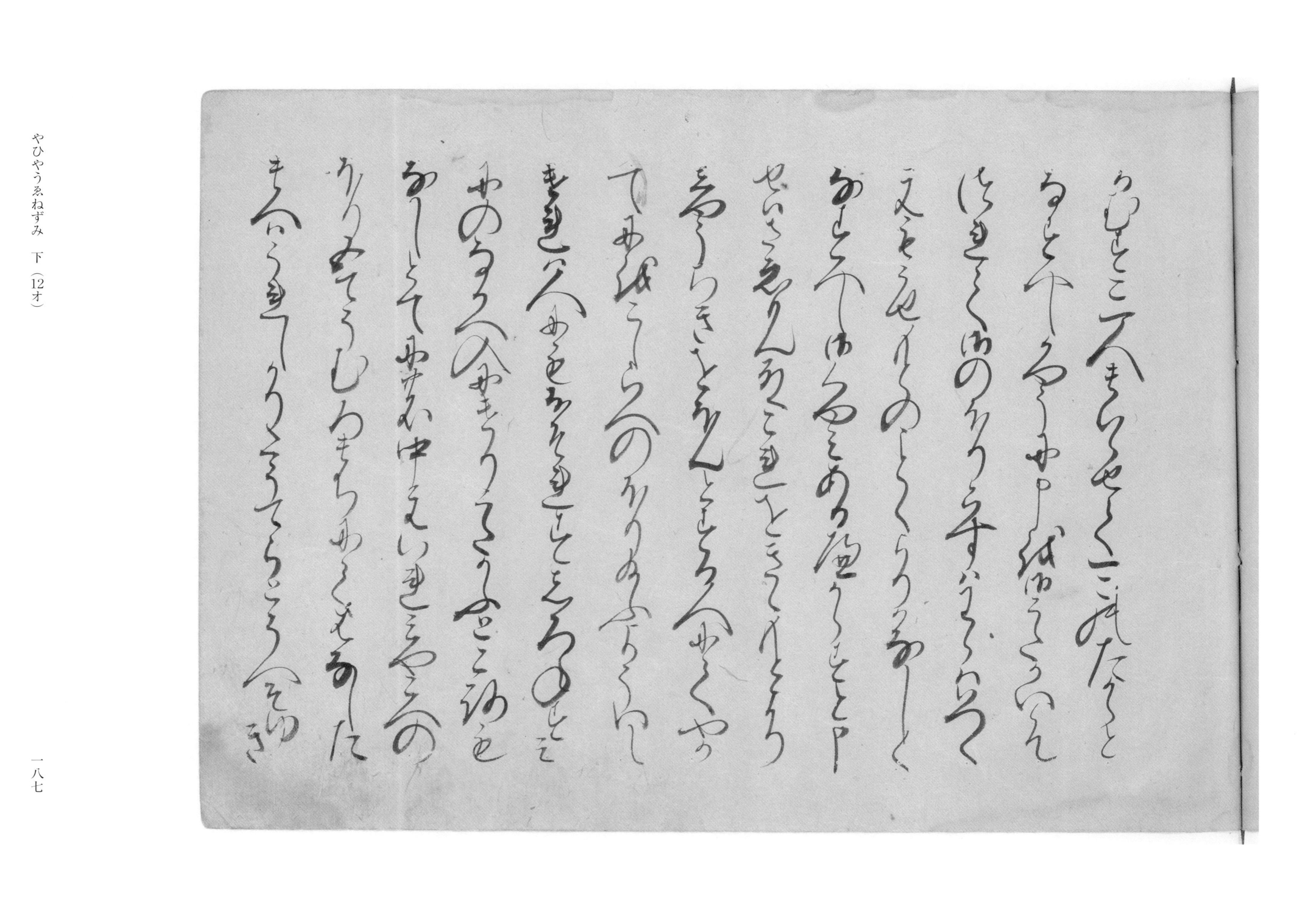

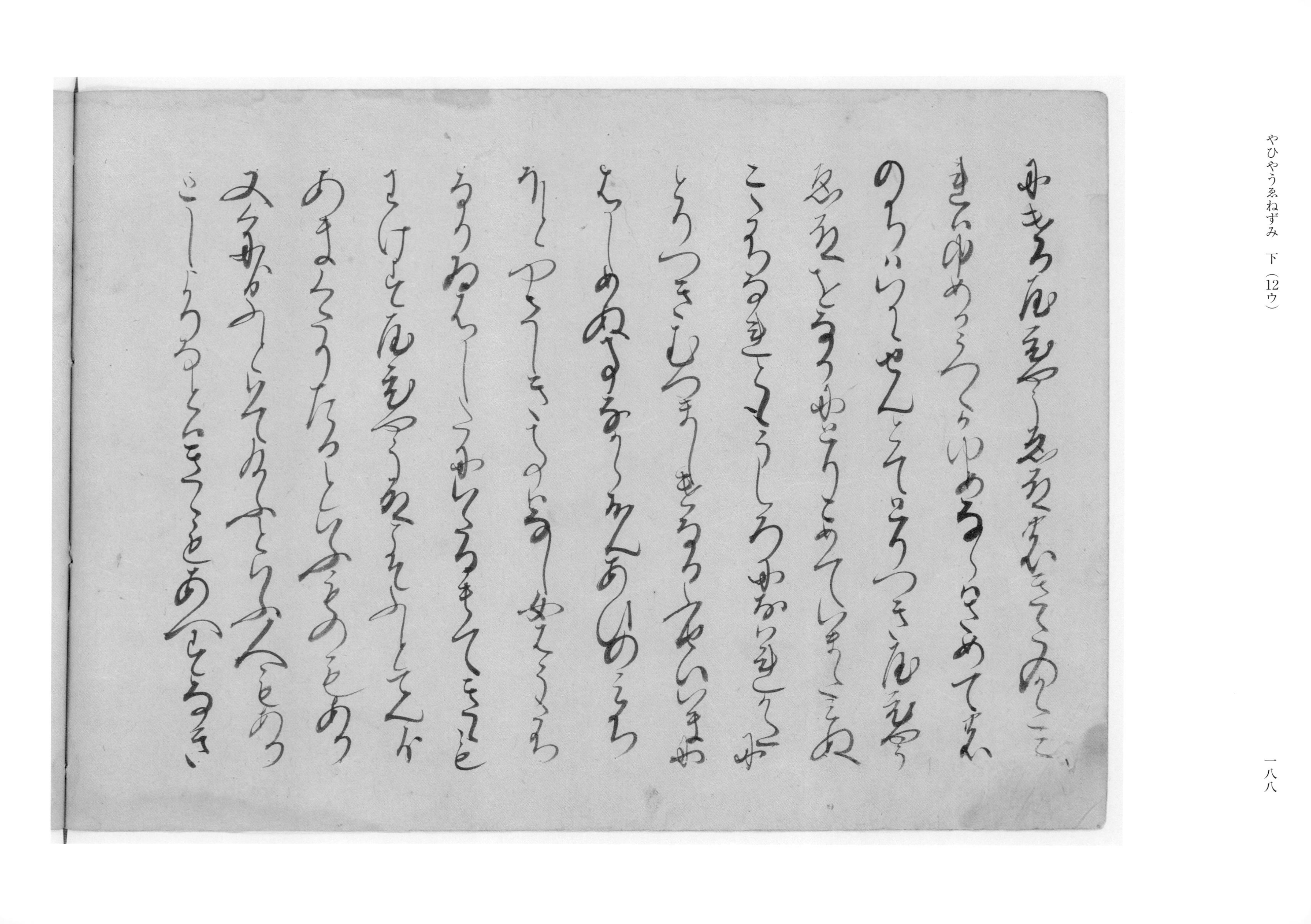

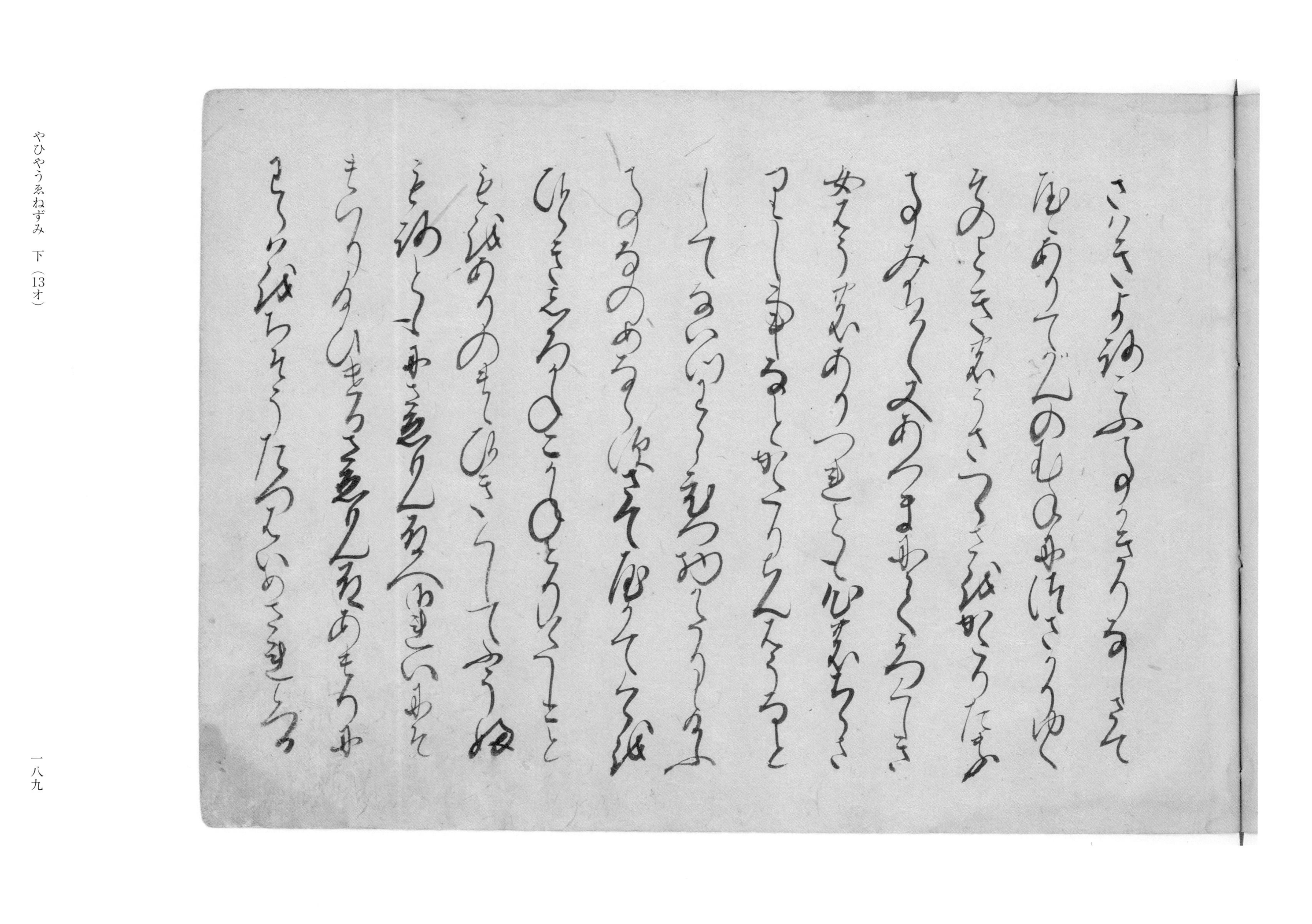

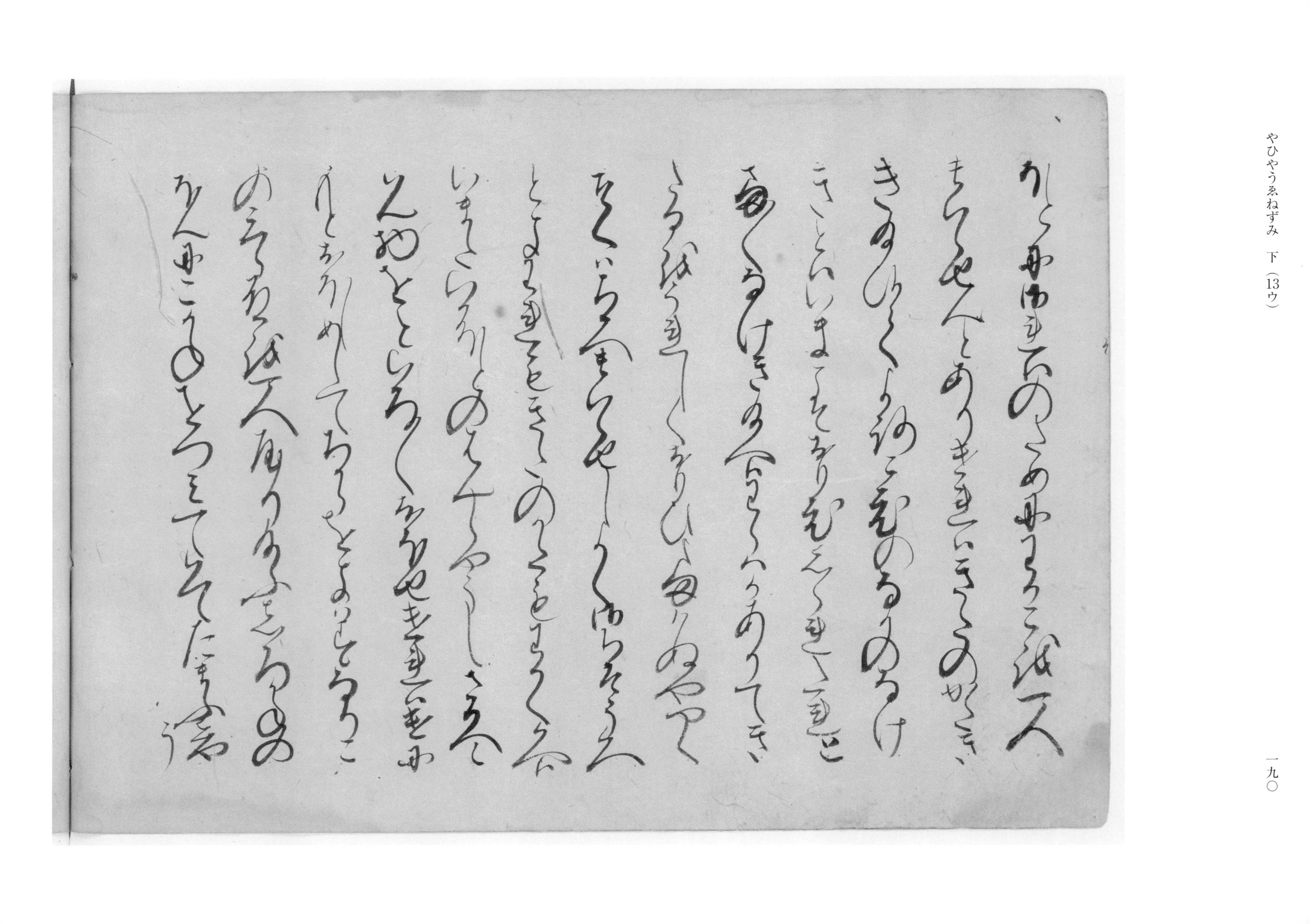

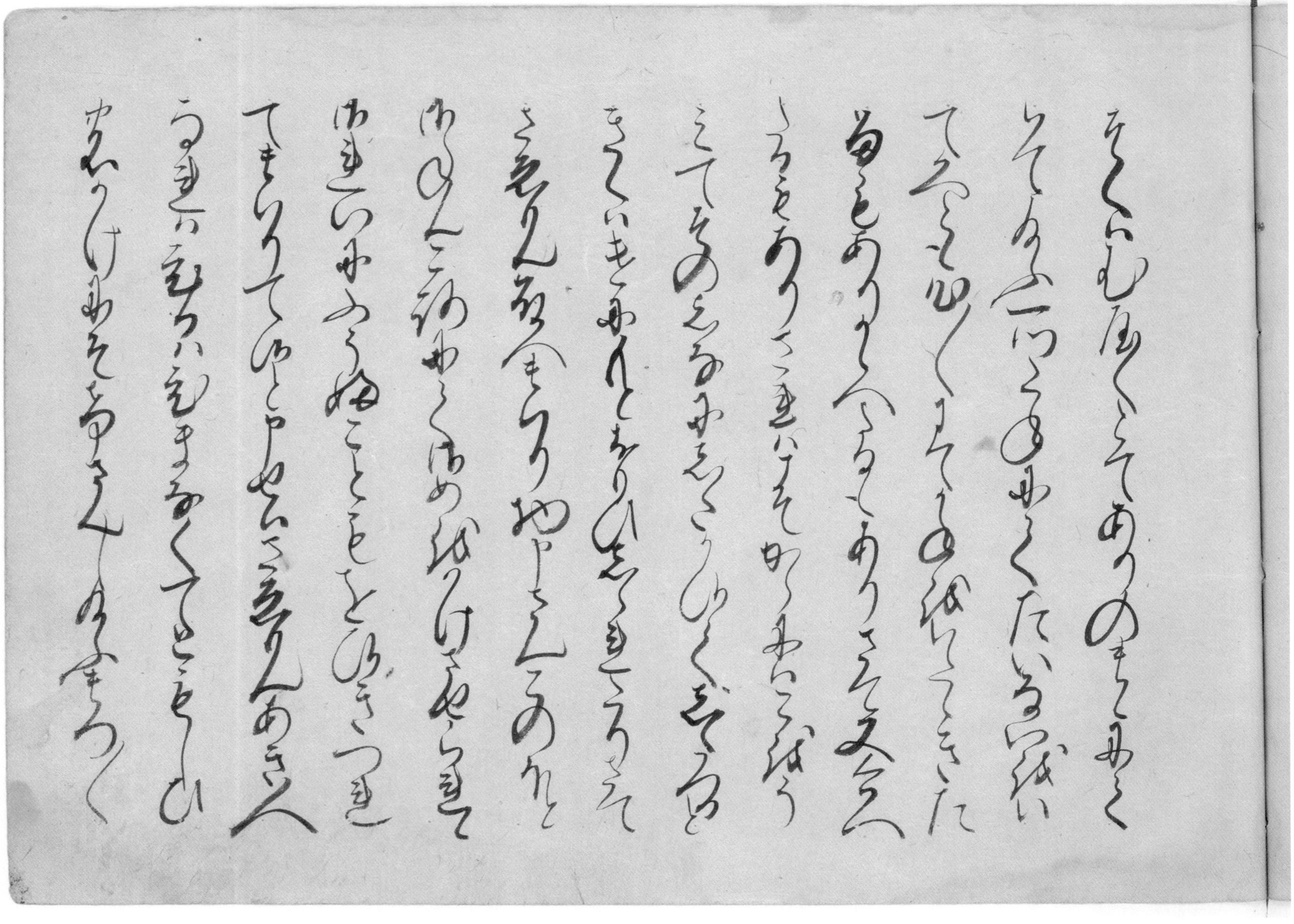

さて殿の御もじはやせいゆゑ二ゝ郎
こゝ存えかねりことゝをかあひし
てうあめ山ゝしきすく左みしみち
あくはおゝうやしろうさのゝをと
はらんせよみさ毎とりのしくされ
いそうちさゝ郎もと王てこさのて
やのふはりけあらう殿ひめ物ゑ
二ゝ郎はいつくやしうすひと〳〵あはうさ
しあり ひまらく兄はさうあらうら
二ゝ郎のみうみあらはけさあなゝて給ふい
らんとハあともゝのすしこ給ふを
ひ殿ともすひ之ともの兄殿見あく
又ゐたあ兄あかは存もせまゝつと

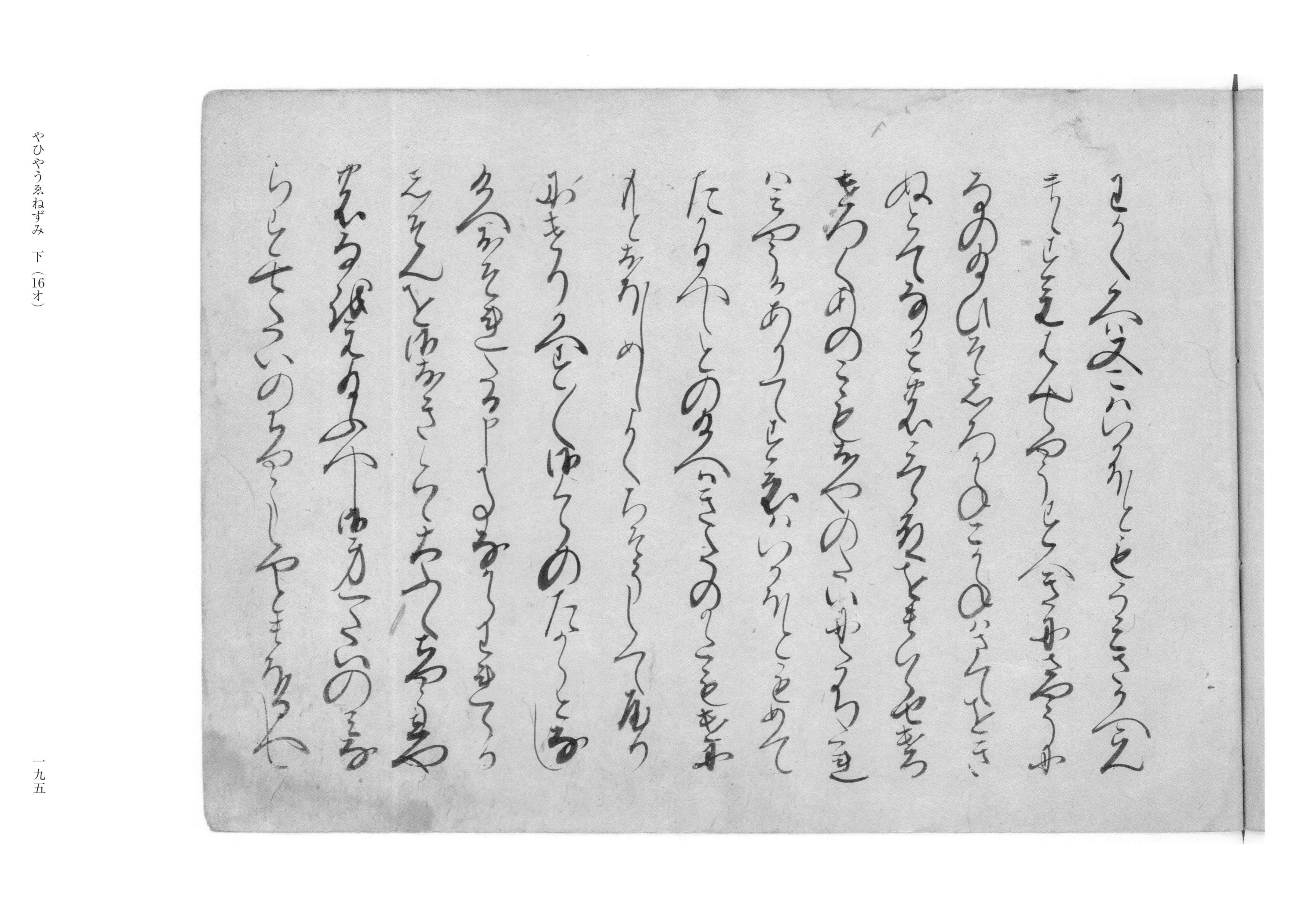

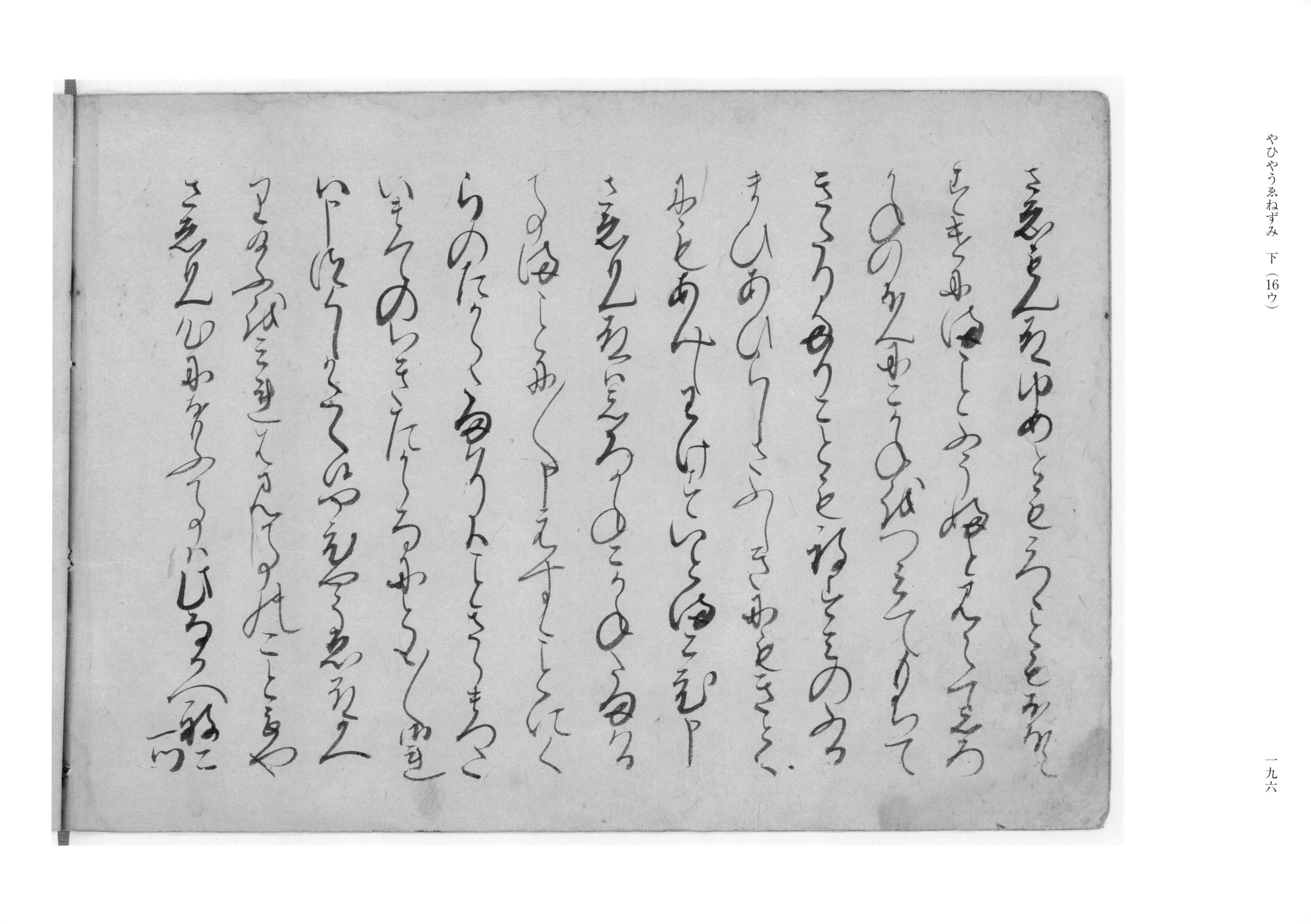

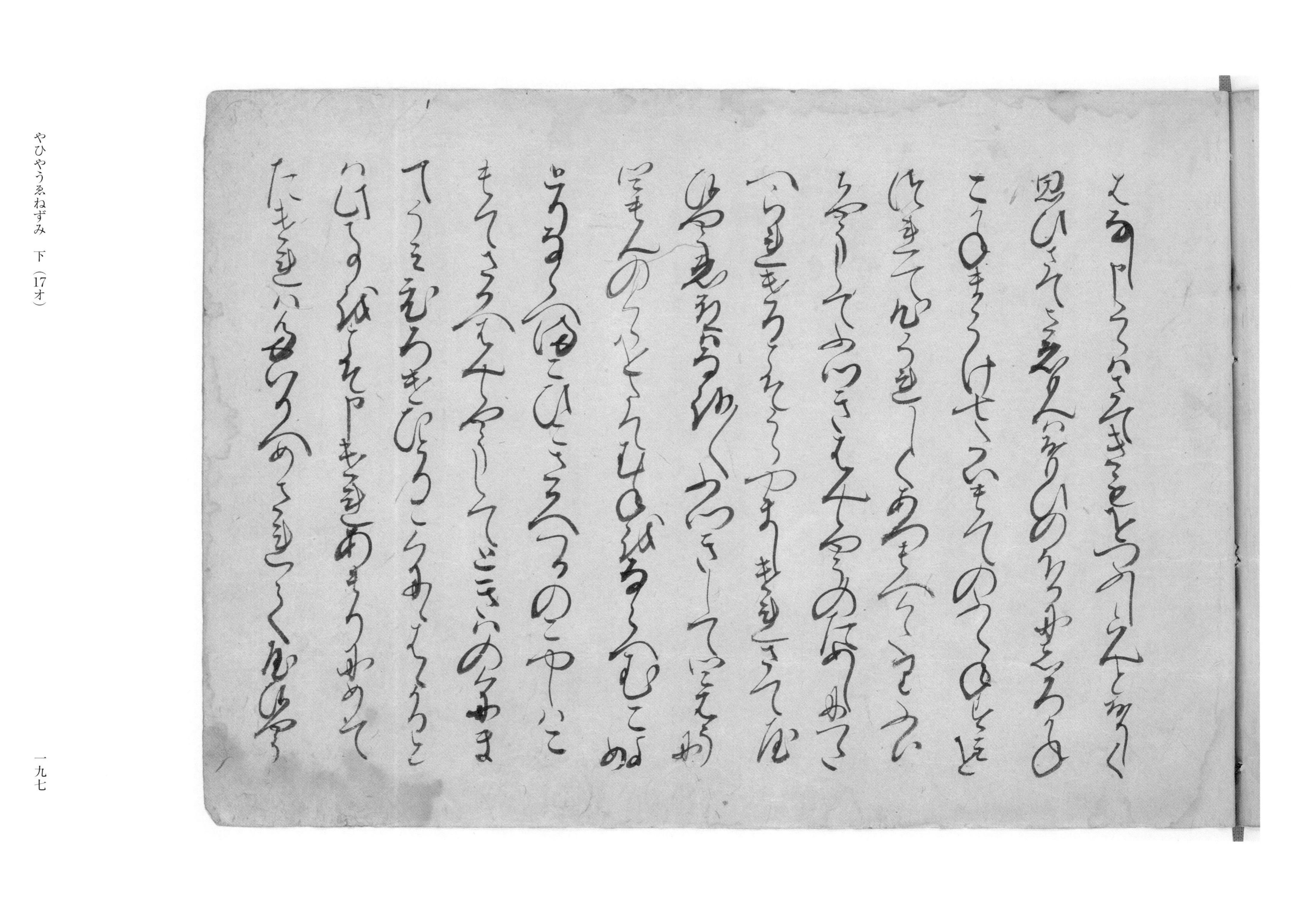

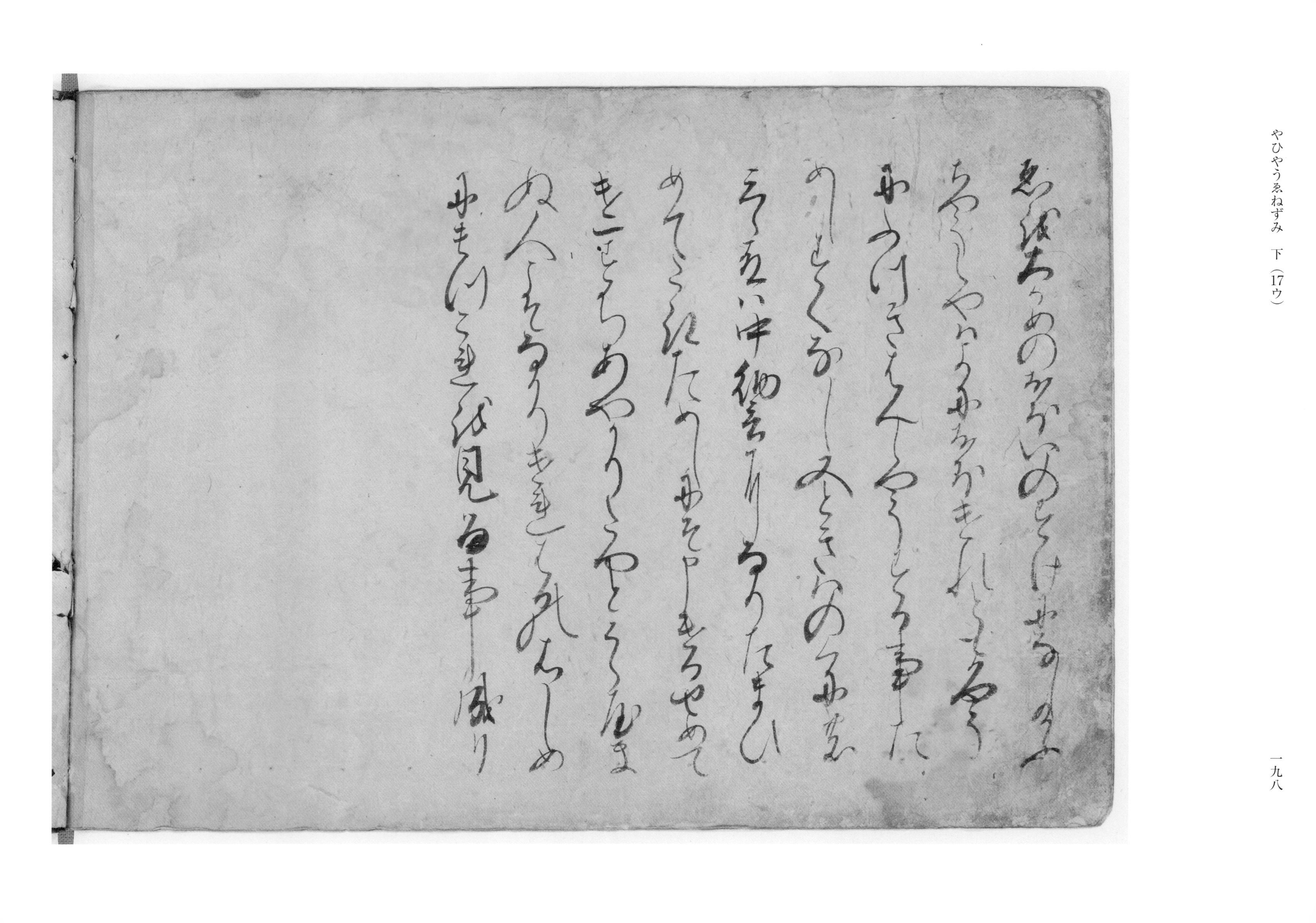

# 『奈良絵本集 二』解題

恋田 知子
齋藤 真麻理
石川 透

# 天神縁起絵巻

**装訂**　巻子装　一軸
**表紙**　緑地華文様綾表紙（原装）。巻緒のあたる部分に大きく擦損あり。
**見返**　金紙
**料紙**　鳥の子紙。裏打ちして銀切箔を散らす。
**法量**　表紙は縦二九・八㎝×横二三・三㎝。本紙は縦二九・八㎝。全長一二ｍ七・五㎝。三十三紙。一紙の寸法は四〇㎝前後と二〇㎝前後からなる。
**外題等**　題簽、外題、内題、奥書、識語等なし。
**字高**　約二六・五㎝
**箱書**　印籠蓋桐箱の蓋中央に「天神絵巻　室町時代写」と墨書（森銑三筆）。
**印記**　「月明荘」
**書写年代**　〔室町時代末期〕写

（請求記号九一三・五―イ三六一）

本書は、菅原道真（八四五～九〇三）が受難と報復の末に神として祀られるまでを描く天神縁起の一つで、「天神の本地」とも称されるお伽草子の一本である。

天神縁起は、承久元年（一二一九）頃に成立した国宝『北野天神縁起』（承久本、北野天満宮蔵）を嚆矢とし、鎌倉・室町時代を通じて各地の天神社で盛んに制作・奉納され、我が国の社寺縁起を代表する絵巻である。現存伝本は六十点を超え、巻頭の詞書から三種に分類される。[1]さらに、これらの詞書を引き継ぎつつも道真の受難と怨霊の部分を著しく増補した、安楽寺本系統と呼ばれる、絵を伴わない縁起の一群が伝存する。[2]それら安楽寺本系統を経て作り出されたのが、お伽草子『天神の本地』である。以下、本書によりその梗概を示す。

延喜帝の時代、公卿の一人であった道真は才学・芸能に優れ、帝の覚えもめでたいのに対し、時平の大臣はこれに劣っていた。道真を妬んだ時平は郎等に命じて内裏に放火させ、道真の仕業と讒言する。道真は捕縛され、太宰府に流される。配所で飛梅の奇跡に心慰められるものの、時平への恨みは止まず、諸神に復讐を誓願して命を終える。生をかえた菅丞相は師である比叡山の法性房のもとに現れ、帝の使いが三度来るまでは祈禱に赴かないように願う。現人神となった菅丞相は雷鳴とともに都を脅かし、時平を襲う。法性房が参内し祈禱すると雷も鎮まる。やがて天神菅公を祀る北野社が創建される。

ここでは天神縁起における道真の伝記や北野社の創建、天神の霊験譚を省略・簡略化し、時平の讒言による道真の受難と復讐を中心に物語が展開する。縁起としての性格は後退し、人間が受難の末に神へと転生する「本地物」に共通する構想に基づいて物語化がなされており、漢詩を省略して道真仮託の和歌を多く記載するなど物語としての興趣を増している。時平が内裏に放火させ、道真の仕業と讒言する展開は天神縁起には見えないものの、お伽草子諸本には共通して描かれており、「天神の本地」の特徴と言える。諸本の多くが冒頭内裏での火災の様子を描き、『伴大納言絵詞』の応天門放火を彷彿とさせるが、実際にたとえば天理図書館蔵『天神のゐんぎ』（後述

①では、時平とともに伴大納言が登場する。藤原氏との政争に敗れ、無念の死を遂げた点で二人は共通し、伴大納言も北野社末社に祀られたことから、恨みを抱える天神像を強調するものととらえられる。当代の天神信仰を背景に、天神にまつわる俗伝承なども採り入れており、伝本間で記事の有無も見てとれ、細かな相違を見せる。

お伽草子諸本については、松本隆信氏の先駆的な調査・分類に基づき、山本五月氏の精力的な調査により、絵巻や奈良絵本、絵入り版本を含め、現在のところ二十点近くが確認されている。[3]さらに村上学氏や橋本正俊氏による考察[4]を踏まえ、本書を中心とした主要な伝本を大まかに系統分けすると、以下のとおりである。

A①天理図書館蔵『天神のゐんぎ』〔室町時代末期〕写。二軸。（伝承文学資料集『神道物語集』一）

②押方重信蔵『天神の本地』（仮題）　天正六年（一五七八）写。一軸。（神道大系文学編二『中世神道物語』、国文学研究資料館・マイクロ資料オ三―一―一）

③大阪天満宮蔵『天神縁起』（仮題）　〔江戸時代前期〕写。一軸。（『室町時代物語大成』一〇）

B④海の見える杜美術館蔵『天神の本地』〔室町時代後期〕写。一軸。有欠。（海の見える杜美術館館蔵選二『物語絵』）

⑤本書＝天理図書館蔵『天神縁起絵巻』〔室町時代末期〕写。一軸。（天理図書館善本叢書『古奈良絵本集』一、『室町時代物語大成』一〇）

⑥彰考館旧蔵『天神』　一軸。戦災焼失。（『室町時代物語集』一）（以下、彰考館本）

⑦京都大学文学部国語学国文学研究室蔵『かむ丞相』〔江戸時代初期〕写。奈良絵本（横本）一冊。尾欠。（『京都大学蔵むろまちものがたり』一一）（以下、京大本）

⑧東京大学図書館蔵『天神記』〔江戸時代前期〕写。奈良絵本（横本）一冊。下巻欠。（国文学研究資料館・マイクロ資料二一―二九―五）

⑨高安六郎旧蔵『天神本地』（仮題）　奈良絵本（横本）一冊。焼失。（『室町時代物語集』一）

⑩天理図書館蔵『天神由来』〔江戸時代前期〕写。奈良絵本（横本）二冊。（『室町時代物語集』一）

C⑪村口四郎旧蔵、天理図書館蔵『天神縁起』（仮題）〔室町時代末期〕写。小一軸。首欠。（『室町時代物語大成』補遺二）

⑫長谷川巳之吉旧蔵『てんしん』〔江戸時代前期〕写。奈良絵本（横本）二冊。（『室町時代短篇集』、『室町時代物語集』一）（以下、長谷川本）

先行研究によれば、①から③は安楽寺本系統の本文を踏まえた古態を有するもので、挿絵の位置や構図など近似しており、同系統（A）とみなされる。本書⑤はそれらとは異なる系統（B）で、後述するように奈良絵本類との共通性が認められる。

本書の特色としてまず注目すべきは、諸本に比して絵柄の説明や人物の台詞を書き込んだ画中詞の多い点である。岡見正雄氏が指摘するように、道真が時平の郎等に捕縛される場面での「がつき（餓鬼）めのがす（逃）まいぞ」（一一頁）などの台詞には狂言の表現との共通性が見てとれる。[5]また、最後の北野社の境内では「一しはんせん（紙半銭）によらずくわんじん（勧進）〳〵」（三六頁）と勧進杓を差し出す僧が描かれるなど、室町時代の人々の生き生きとした話し言葉や当時の風俗を反映している。[6]

さらに本書の特徴として、道真が諸神に復讐を誓う場面の描写が注目される。諸本の多くは天神縁起同様、天拝山に登って祈誓し復讐を誓願するのに対し、本書では、天拝山に登ったとの記述は見えず、その代わりに誓願後の道真が口に含んだ石榴を吐き出したところ火炎となったと記す（二四頁）。これは天神縁起を含む多くの諸本で、道真が死後に法性房の前で含んだ石榴を火炎となす、いわゆる「石榴天神」の説話で、本書においては法性房との場面ではなく、それよりも前に道真の誓願が果たされる示現として記すのである。ただし、挿絵では壇上に座して幣を持つ道真の姿（二五頁）のみで、石榴を火炎となす様子は描かれていない。

この点について、橋本氏は本書の他、⑦京大本以下の奈良絵本類で「石榴天神」の話が法性房の場面よりも前に移動していることに着目し、「天神の本地」が描き出す人物像や人物関係の単純化に起因するものと考察する(7)。すなわち、「道真の善と時平の悪のみを明解に、単純に描こうと」するなかで、「罪もない法性房の前で火炎を吐く道真の姿、つまり怒りを露わにする天神像はもはや描きにくく、このような本文が作成された」とする。また、本書の挿絵には壇上で祈願する道真の傍らに一枚の札が描かれており、「あらふしぎのきんさつ（金札）や」（二五頁）と画中詞を付す点について、本書の本文には記されないものの、系統を異とする⑫長谷川本で祈誓の際に天から札が下ったとの記述があることから、それを描いたものと橋本氏は推測する。

なお、本書と同系統の奈良絵本類では、諸神誓願の場面に記しながらも、挿絵では法性房のもとで石榴の火炎を吐く道真が描かれており、本文と齟齬する。橋本氏は絵巻の本書と⑥彰考館本とで異同が大きいのに対し、⑦から⑩の奈良絵本は比較的近い関係にあることを指摘したうえで、この系統の祖本となる石榴天神を道真祈願の場面に描く絵巻があり、それをもとに本書や⑥など数種の絵巻が作られ、さらにそのうちの一つの絵巻を奈良絵本に仕立て、継承されたと推定する。

そこで注目されるのが、④に挙げた海の見える杜美術館蔵『天神の本地』である。④は巻頭や後半部分に欠落があるものの、室町時代後期の書写と思しい素朴な筆致の味わい深い古絵巻である。そこでは本書と同様、「石榴天神」の話を諸神誓願の場面に記し、そのうえ本文に即して壇上で祈願し石榴の火炎を吐く道真の姿を描くのである（参考図版）。本書を含むB系統の祖本と想定しうる古絵巻として大いに注目される。諸本の関係性や流布状況など、今後さらに検討してゆく必要があるだろう。

海の見える杜美術館蔵『天神の本地』

以上のように、本書は一部欠損している伝本の多いなかで本文を完備する室町期の写本として大変貴重であり、室町時代における天神縁起の展開や当時の風俗を伝える絵巻として重要である。

（恋田知子）



【注】

（1）梅津次郎「天神縁起絵巻―津田本と光信本」（『美術研究』一二六、一九四二年）など参照。このほか近年では、須賀みほ『天神縁起の系譜』（中央公論美術出版、二〇〇四年）により、絵の様式による分類も提示された。また、室町時代から江戸時代にかけての天神縁起の展開についても研究が進展している。岡本麻美「天神縁起の展開と更新―松崎天神縁起の事例から―」（徳田和夫編『中世の寺社縁起と参詣』竹林舍、二〇一三年）など参照。

（2）村上学「「天神御本地」考」（『名古屋大学国語国文学』三、一九五九年）、荒木良雄「「北野天神縁起絵巻」から「てんじん」まで」（『中世文学の形象と精神』昭森社、一九六七年）、福田晃「天神縁起と天神伝説」（『神話の中世』三弥井書店、一九九七年）など参照。天神縁起の甲・乙・丙の三分類とは別系統として丁類とも分類される。

（3）松本隆信「増訂室町時代物語類現存本簡明目録」（奈良絵本国際研究会議『御伽草子の世界』三省堂、一九八二年）参照。お伽草子『天神の本地』を含む天神縁起の総合的な研究として、山本五月『天神の物語・和歌・絵画―中世の道真像―』（勉誠出版、二〇一二年）がある。

（4）村上学「お伽草子『天神本地』ノート（一）・（二）」（『名古屋大学国語学国文学』一八・二一、一九六六・一九六七年）など参照。橋本正俊氏「「天神の本地」絵注」（『奈良絵本・絵巻研究』三、二〇〇五年）、および同氏による「『かむ爫相』解題」（京都大学文学部国語学国文学研究室編『京都大学蔵むろまちものがたり』一一、臨川書店、二〇〇一年）参照。

（5）天理図書館善本叢書『古奈良絵本集』一（八木書店、一九七二年）参照。狂言「昆布売」や「武悪」の詞章と共通することが指摘される。

（6）前掲注（5）の解説のほか、徳田和夫「室町期の参詣風景―特に北野社をめぐって（報告資料稿）―」（『巡礼記研究』四、二〇〇七年）において、『天神の本地』末尾絵の社頭風景および画中詞を掲出し、海の見える杜美術館蔵本にも言及する。

（7）前掲注（4）橋本氏論考による。

【附記】

貴重な資料の閲覧および図版掲載をご許可いただきました海の見える杜美術館に御礼申し上げます。

# 八幡大菩薩御縁起

**装訂**　巻子装　上下二軸
**表紙**　紺地に銀泥の霞を引き、金切箔を散らす（後補）。
**料紙**　鳥の子紙
**法量**　表紙は縦三〇・六cm×横二二・〇cm。本紙上巻は縦三〇・六cm。全長一一m一八・五cm。二十三紙。本紙下巻は縦三〇・六cm。全長一一m六九・九cm。二十四紙。一紙の寸法は四九cm前後。
**外題**　左肩に貼題簽「八幡縁起」と墨書（後補）。
**内題**　「八幡大菩薩御縁起」（上巻）
**尾題**　「八幡大菩薩御縁起」（下巻）
**字高**　天地に高さ二六・〇cmの界線を引く。
**詞書**　上巻七段、下巻五段。漢字平仮名交じり。
**挿絵**　上巻七図、下巻四図。濃彩。
**本奥書**　「旹享禄第四暦歳次辛卯林鐘中澣／大和州添上郡御陵／金剛佛子良尊敬白」
**印記**　「中坊家蔵之印」「寶玲文庫」
**書写年代**　〔江戸時代中期〕写

（請求記号九一三・五―イ三八一）

本書は、神功皇后と住吉明神による三韓征伐、および御子である応神天皇が八幡大菩薩として現れ、各地に祀られる経緯までを描いた縁起絵巻である。

八幡縁起は、古代・中世の八幡信仰を背景に成立し、その隆盛にともない数多くの絵巻が制作・享受された。北野天神縁起と並び、社寺縁起を代表する絵巻の一つといえよう。現在のところ五十種あまりの伝本が知られており、その詞章と絵の内容から二種類の系統に大別される[1]。諸本における本書の位置を示すため、以下に室町時代以前に制作されたと推定される主要伝本を掲出する。

【甲類】

・出光美術館　元亨二年（一三二二）奥書。二軸。（出光美術館『館蔵名品選』二、一九九一年）。（以下、出光本）
・サンフランシスコ・アジア美術館　康応元年（一三八九）奥書。一軸（有欠）。（『新修日本絵巻物全集』別巻二、角川書店、一九八一年）。（以下、アジア本）
・鞆淵八幡神社（和歌山）〔鎌倉時代後期〕写。一軸（首欠）。白描。（亀田孜「鞆淵八幡社の白描縁起」『仏教説話絵の研究』東京美術、一九七九年）
・逸翁美術館〔室町時代前期〕写。二軸。伝土佐隆親筆。（国文学研究資料館・マイクロ資料二〇二―七一―一）。（以下、逸翁本）
・赤木文庫旧蔵『衣奈八幡宮縁起』（仮題）応永九年（一四〇二）奥書。二軸。（横山重『神道物語集』古典文庫、一九六一年）
・国文学研究資料館　文正元年（一四六六）奥書。一軸（有欠）。（国文学研究資料館・新日本古典籍総合データベース・DOI 10. 20730/200003082）

・恒石八幡宮（山口）　文明十年（一四七八）奥書。一軸。角筆下絵。（小林芳規「資料解説　角筆下絵　八幡大菩薩御縁起（山口県宇部市厚東　恒石八幡宮蔵）」『内海文化研究紀要』二二、一九九四年）

・海の見える杜美術館（浜天神宮旧蔵）　大永七年（一五二七）奥書。一軸。（海の見える杜美術館蔵選二『物語絵』、二〇〇六年）

・八幡奈多宮（大分）　応永二十八年（一四二一）本奥書、永禄三年（一五六〇）書写奥書。一軸。（『宇佐・国東半島を中心とする文化財』文化庁、一九六九年）

・御調八幡宮（広島）　伝永禄九年（一五六六）。二軸。角筆下絵。（小林芳規「備後国御調八幡宮蔵本角筆下絵八幡大菩薩御縁起」古典研究会編『国書漢籍論集』汲古書院、一九九一年）

【乙類】

・宇佐八幡宮旧蔵（大分）　永享五年（一四三三）足利義教奉納。二軸。江戸時代に消失。

・石清水八幡宮（京都）　永享五年（一四三三）足利義教奉納。二軸。昭和二十二年焼失。

・誉田八幡宮（大阪）『神功皇后縁起』　永享五年（一四三三）足利義教奉納。二軸。（羽曳野市文化財編『絵巻物集』、一九九一年）。（以下、誉田本）

・東大寺（奈良）『八幡縁起』　天文四年（一五三五）祐全奉納。二軸。公順筆、宗軒画。奥書、三条西実隆筆。（奈良国立博物館監修『社寺縁起絵』角川書店、一九七五年）

・柞原八幡宮（大分）『由原八幡宮縁起』〔室町時代後期〕写。二軸。伝土佐光茂画、尊鎮親王筆。（渡辺文雄「伝土佐光茂筆大分由原八幡宮縁起絵巻について」『大分県立宇佐風土記の丘歴史民俗資料館研究紀要』二、一九八五年）

八幡縁起の伝本については、宮次男氏により、先行する甲類本に基づいて乙類本が再編成されたと推定され、乙類本の成立に際しては、八幡神の霊験や神徳を説いた寺社縁起『八幡愚童訓』（甲本）の影響があったと指摘されている。本書は冒頭に、『八幡愚童訓』やその影響下になった乙類本に見られる、新羅からの「塵輪（八頭の鬼神）」の襲来を記さないことから、甲類に位置づけられる。ただし、甲類本が概ね漢字片仮名交じりであるのに対し、本書と逸翁本は平仮名交じりで記され、絵にも同様の共通性が見えることから、両本は甲類の中でもさらに同系統の伝本と位置づけられている。そこで、本書の絵に即して梗概を示すと次のとおりである。

上巻第一段　神功皇后、仲哀天皇の遺勅で三韓に出兵、老翁姿の住吉明神も随従を申し出る。
　第二段　住吉明神、海中から出現した牛と対峙する。備前の牛窓伝説。
　第三段　住吉明神、芦屋の浜で岩を射貫く。
　第四段　住吉明神、香椎の浜の舞台で「せいなう」を舞い、海底から磯童を呼び寄せる。
　第五段　神功皇后、竜宮から磯童が持参した旱満二珠を用いて新羅軍を全滅させる。
　第六段　神功皇后、新羅王の前で岩に弓で戦勝の碑文を書く。
　第七段　神功皇后、筑前国の鵜羽根葺の産屋で応神天皇を出産。公家一人が礼拝する。
下巻第一段　応神天皇崩御。鷹となって現れ、しるしの松に紅白の八幡が天降り、僧が礼拝する。
　第二段　宇佐の蓮台寺山の鍛冶となった後、三歳の小児の姿で竹葉の上に現れ、誉田天皇であると名乗る。
　第三段　和気清麻呂、称徳天皇の怒りで両足を切られ、鹿に乗って宇佐八幡宮に参詣する。
　第四段　行教上人、宇佐から石清水に八幡大菩薩を勧請する。

前述の「塵輪」襲来、および後世増補される諸所の八幡宮の利生譚を除き、物語の構成や描く場面において、諸本間での著しい異同は見られない。ただし、宮氏が明らかにしたように、各場面で描かれる内容は所々相違し、その相違点からも甲乙の各系統に分けることができる。そのなかで他の甲類本とは異なり、本書と逸翁本のみに共通する特徴的な相違点として、上巻第四段の磯童出現の場面が注目される。

上巻第四段は、竜宮の旱満二珠を借り出そうと、住吉明神が舞によって海中の案内者である磯童を呼び寄せる場面で、甲類本の多くは本文に即し、竜頭の船に二珠の付いた枝を捧げる唐装の磯童を描く（図版1）。しかしながら、本書と逸翁本で竜頭の船に乗るのは笏を構えた唐装の女性で、続いて海中から二珠を盆に載せた磯童と思しき唐装の童が現れるのであり、本文にはない女性を描き込む（五四・五五頁）。一方、乙類本の同場面では、亀に乗って顔を布で覆い、首に鼓をかけて踊りながら出現する磯童を描き、甲類本との相違を見せる。磯童は海中に長く居ることから「かきびし」が顔に取り付き、見苦しいので顔を覆ったとする本文に即した描写となっている。乙類本の本文では、竜宮から首尾良く二珠を借り出すため、磯童に皇后の妹豊姫を供奉者として使わせたと続く。宮氏はこの乙類本のみに見える豊姫の竜宮行の記事に着目し、本書と逸翁本での船上の女性を豊姫ととらえる。宮氏の考察によれば、両本は甲類でありながらも乙類の特質を部分的に共有しており、甲類から乙類に移行する過程の絵巻と位置づけられるのである。

なお、天理図書館には、江戸時代初期の書写と思しい奈良絵本『八幡の本地』が二点所蔵され、いずれも乙類であるのだが、そのうちの一本には、覆面の磯童が海中から出現する場面（図版2）に続き、磯童より二珠を賜る船上の豊姫が描かれている（図版3）。江戸時代以降の乙類本では本文に即して船上の豊姫を描く伝本も知られるが、図版3はそれとも異なる図様で注意される。

図版1　国文学研究資料館蔵『八幡大菩薩御縁起』
船上の磯童

翻って現存諸本を概観すると、本作品が防長を中心に瀬戸内海周辺の八幡宮に多数伝存しており(2)、八幡信仰の宣布とともに各地で制作・奉納されてきた様子が窺い知れる。諸本間での構成・構図の類似から繰り返し転写されたことが推察されるが、現在のところ、その祖本については明らかとなっていない。かつて年紀のあるものでは最古写本とされてきたアジア本を遡る、元亨二年（一三二二）の奥書を有する出光本も紹介されたが(3)、その奥書からは転写されたことが明白であり、更なる考察が俟たれる。一方、乙類ではとくに永享五年に足利義教によって奉納された誉田本について、同時に奉納された『誉田宗廟縁起』とともに本格的な研究がなされつつある(4)。さらに、江戸時代以降書写されたものには、甲乙両系統の要素を持つ伝本も見いだされており(5)、両系統の関係性や流布の状況などを含め、後考を俟ちたい。

本書については、これまで末尾の享禄四年（一五三一）を書写奥書とする意見もあったが、原本確認のうえ検討した結果、詞書や絵の筆致などから江戸時代中期の書写と推定される(6)。書写年代は下るものの、他本とは異なる逸翁本との共通性や大和の「良尊」なる者の書写を伝える本奥書を有することからも、重要な一本といえよう。

（恋田知子）

図版２　天理図書館蔵『八まんの本地』
海中より出現する磯童

図版３　天理図書館蔵『八まんの本地』
磯童より二珠を賜る船上の豊姫

【注】

（1）松本隆信「増訂室町時代物語類現存本簡明目録」（奈良絵本国際研究会議『御伽草子の世界』三省堂、一九八二年）、宮次男「八幡大菩薩縁起絵巻と八幡宮縁起」上・中・下、附載一・二（『美術研究』三三三・三三五・三三六・三三九・三四〇、一九八五～七年）の先駆的な伝本研究に加え、近年では、田中水萠「八幡縁起絵巻諸本の所在とその相違点」（『美術史論集』一五、二〇一五年）に伝本の所在と最新の研究成果が詳細にまとめられている。

（2）渡邊雄二「「うつす」ことによる生成―山口県地方の八幡縁起絵―」（『九州産業大学芸術学会研究報告』四六、二〇一五年）参照。黒田彰・坪井直子・筒井大祐「東原本八幡大菩薩御縁起（上巻）影印・翻刻」（『京都語文』一七、二〇一〇年）、木村朗子「魚吹八幡神社蔵「八幡縁起」影印・翻刻」（『津田塾大学紀要』四五、二〇一三年）など、瀬戸内海周辺に伝わる両系統の伝本が次々と紹介されている。

（3）メラニー・トレーデ「永享五年八幡縁起絵巻の生涯とその余生」（佐野みどり・新川哲雄・藤原重雄編『中世絵画のマトリックス』青簡舎、二〇一〇年）など参照。

（4）相澤正彦「『誉田宗廟縁起』の絵師とその画風」（『ＭＵＳＥＵＭ』五二七、一九九五年）、松原茂「基準作としての『誉田宗廟縁起』」（『続々日本絵巻大成』七、中央公論社、一九九五年）、髙岸輝『室町絵巻の魔力　再生と創造の中世』（吉川弘文館、二〇〇八年）など参照。

（5）黒田彰・筒井大祐「藤崎八幡宮加藤家奉納本八幡大菩薩御縁起　上巻―影印・翻刻―」（『京都語文』二五、二〇一七年）参照。

（6）なお、本書と同系統の本文とされる冊子本に、慶應義塾図書館蔵『八幡大菩薩御縁起』（〔室町時代後期〕写）がある。石川透「慶應義塾図書館蔵『八幡大菩薩御縁起』翻刻・解題」（『三田国文』三三、二〇〇一年）参照。

# 鼠の草子絵巻

**装訂**　巻子装　一軸
**表紙**　改装後補の菱花繋模様丹行成表紙。
**料紙**　楮紙。裏打を施す。
**法量**　表紙は縦三二・七cm×横二二・〇cm。本紙は縦三〇・〇cm。全長一二m八一・九cm。一紙寸法は約四三・二cm前後であるが、一部の料紙は前後破損のため不明。
**外題等**　題簽、外題、内題、奥書、識語等はない。
**字高**　約二八・五cm
**箱書**　赤春慶塗印籠蓋桐箱の蓋中央に「（紫影本）鼠乃草子」と墨書。蓋裏に「於京都山川頌美堂加修補早／昭和卅三年十二月十六日／天理圖書館」と記した紙箋を貼付。
**印記**　「わたやのほん」
**書写年代**　〔室町時代後期〕写



鼠の婚姻譚を題材とする主な室町物語は三種ある。第一は鼠の権頭と人間の姫君との異類婚姻譚『鼠の草子』で、本書はこれに相当し、かつて「鼠の権頭」の仮題で学界に紹介された（古典文庫『室町時代物語』三、一九五七年。同書解説によれば本書は藤井乙男旧蔵。昭和十三年［一九三八］に裏打補修を施し、寛永三年［一六二六］版『東鑑』から表紙を後補）。第二は東寺の塔に住む白鼠が主人公の祝儀物『弥兵衛鼠』である。第三は心細い境遇の女と鼠の悲恋譚『鼠の草子』で、土佐光信筆と伝える絵巻などが伝存する（フォッグ美術館寄託）。第一と第二は婚礼行列や祝膳を整える台所風景、鼠の出産、画中詞や擬人名など、共通する要素は少なくない。

第一の『鼠の草子』諸本のうち、本書は室町時代後期に成った最古の伝本である。次いでサントリー美術館本が古く、室町時代末から江戸時代初期の伝本と推測され、江戸時代前期頃の作例も複数伝わる[1]。以下、主要伝本を物語内容から二系統に大別して示す（括弧内は収録刊行書）。

第一系統

（一）本書＝天理図書館本『鼠の草子絵巻』　一軸　（天理図書館善本叢書『古奈良絵本集』一、八木書店、一九七二年。古典文庫『室町時代物語』三。『室町時代物語大成』一〇、角川書店、一九八二年）

（二）天理図書館本『鼠の草子絵巻別本』　一軸　（天理図書館善本叢書『古奈良絵本集』一。古典文庫『室町時代物語』三、解題）

第二系統

（三）サントリー美術館本　五軸　（日本古典文学全集『御伽草子集』小学館、一九七四年初版。吉行淳之介『お伽草子　鼠の草子』集英社、一九八二年。『鼠草子絵本』サントリー美術館、二〇〇七年）

（四）東京国立博物館本　一軸　（岡見正雄「鼠草子（御伽草子複刻集一）」『女子大国文』五・六、一九五七年三・六月。『御伽草子絵巻』角川書店、一九八二年。『室町時代物語大成』一〇）

（五）ニューヨーク公共図書館スペンサー・コレクション本　三軸　（『在外奈良絵本』角川書店、

一九八一年）

（六）篠山市立青山歴史村本　一軸　（愛原豊『絵巻の文字がすべて読める　篠山本鼠草紙』三弥井書店、二〇一〇年）

このほかにも残闕本が知られ、桜井健太郎本は画中詞のみによって台所の風景や権頭の入浴、鼠の出産場面を綴っており、第一系統に類する。また、第二系統は詞書や挿絵がほぼ一致することから、絵草子屋で商品的に制作された作品と考えられているが（岡見正雄解題、天理図書館善本叢書『古奈良絵本集』一）、センチュリー文化財団蔵「鼠の草子絵巻断簡」なども同系統であり、第二系統の伝本が商業的に複数制作された一証左といえよう。鼠同士の婚礼を描く甲子園学院本や、ハーバード大学付属美術館の白描絵巻は本書と異なる物語であるが、前者は擬人名や道具類の表現、後者は作中の和歌、鼠の発心などに本書との共通性が認められる。(2)

本書は冒頭を欠き、姫君が清水観音のお告げを蒙る「ばうのまくらかみにたちよらせたまひて」から始まる。以下、梗概と、『室町時代物語大成』により挿絵の数を示す。

都四条に住む鼠の権頭は九条に住む姫君を見初め、清水観音に恋の成就を祈る。姫君も良縁を求めて清水に参籠し、示現を得る。権頭は観音の霊夢に任せて恋文を送り（挿絵第一図）、医者の桁走りの六郎に恋の病を看破されて恥じ入る（挿絵第二図）。やがて姫君は靡き、観音の示現どおり、夏の末には輿入れした（挿絵第三図）。御前迎いの鼠たちは提灯を手に作法を誤るまいと緊張の体、豪華な食材を揃え、大童の台所では包丁の名人が腕を振るい、賑やかな会話は途絶える気配もない。室町将軍の御成を凌駕する祝宴に、芸能の達者たちも馳せ参じた。

やがて権頭はある方へ振る舞いに参るからと、「このさうし御らん候て御なぐさみ候べく候」と言い置いて外出した。姫君と冷泉の尼は彼の正体に気づいて罠を仕掛け、権頭がそれにかかった隙に、乳母のあやめとともに屋敷から逃げた。権頭は穴脇の安倍のやすもとに行方を占わせるが（挿絵第四図）、逆に出家を勧められ（挿絵第五図）、梓巫女に口寄せを依頼するが（挿絵第六図）、結局、姫君に拒絶される。権頭は姫君の道具類を歌に詠み、涙にくれた（挿絵第七図）。ついに権頭は無猫山鼠昌寺で出家して「そほん」と号し、桁走りの小六も「そがく」という名を与えられた（挿絵第八図）。彼らは諸国修行に出立し、山道で猫坊主に遭遇する（挿絵第九図）。しかし、猫は自らも出家の身であるからと鼠たちを害せず、権頭一行は修行の旅を続け（挿絵第十図）、鼠導山熊栖寺に落ち着き、菩提を願いながら余生を送ったという（挿絵第十一図）。

『鼠の草子』は室町時代末の風俗や食文化の好資料として夙に関心を集め、画中詞の面白さも相俟って多くの先行研究がある。「大草様」など室町時代の包丁の流派名からは本書の古さが指摘され、鼠の歌う室町小歌や、茶の宗匠の名も注目された。主に第二系統の諸本では下級の鼠が東国方言を使い、作中和歌には中世類題集の歌題や『源氏物語』梗概書、源氏寄合が巧みに活用されている。(3) 室町期の上流武家社会における饗宴文化の反映も看取された。(4) 権頭の入浴も、邸内に井戸を有し、水や薪を惜しみなく使う財力を暗示していよう。入浴は寺院文化を礎に発展し、中近世には饗応や茶会とも結びついて贅を尽くした交歓の場を演出した。なお、本書で湯を運ぶ鼠の名が「せんじゆ」とあって墨染衣に見えるのは、『平家物語』で有名な千手の前の逸話を踏まえた趣向であろう。他方、第二系統では入浴するのは姫君で、楊貴妃に喩えてその美しさが強調されており、入浴場面の意味合いが両系統で異なる。また、出家後の権頭が高野山を目指すか否かも大きな相違である。

とりわけ注意されるのは、姫君をめぐる設定である。第二系統では姫君は五条油小路の大店の一人娘として傅かれ、清水寺へは多くの侍女を伴い、都人と再婚した。しかし、本書の姫君は九条に住み、文使いの小六が訪れると、暮れ方には「人おともせず、おくのてい、さびしげにぞ見へたまふ。まどより見れば、ともしびほそ〴〵とかきたて、にようばうばかりほの見へてぞおはします」。繁華な五条油小路の大店とかけ離れた境遇は、むしろ、ボストン美術館蔵『化物草子』の一節「九条わたりにあれたる家にかすかにてすむ女ありけり」などを彷彿させよう。

　頼る夫のない女と男に変じた異類との婚姻譚は、室町物語に散見する。山里にひとり住む女は案山子と契り（『化物草子』）、心細い身の女に雁が通う（慶長七年［一六〇二］写『雁の草子』）。春、再会を約して越路へ赴いた雁は狩人に射殺され、すべてを知った女は乳母と出家して越路へ発ち、往生を遂げた。伝土佐光信筆『鼠の草子』では母の尼と暮らす姫に鼠が通じ、尼の愛猫に殺される(5)。姫は驚きつつも「あさからずかたらひつる言のはなど色々におもひつゞけてかきくら」し、「まめやかに此世ならぬ契なりしとぞ」と物語は結ばれる。このように、寄る辺なき女と異類との恋は異類婚姻の常として破綻し、真実を悟ってなお、女は愛情深かった男を想う。その情感は、室町人が愛好した物語要素の一つであった。本書の姫君が巫女を通じて「権頭ではなく清水観音を恨む」と明言し、「こんじやうにて二たびおもてをむけんことあるべからず。らいせにては一つはちすのゑんとなるべし」と語るくだりは、この哀れの系譜に連なる物語世界である。常に「冷泉の尼」が付き添う結構も、伝土佐光信筆『鼠の草子』の水脈と通じていよう。

　対してサントリー美術館本では、権頭の屋敷を脱した姫君はさすがに名残も惜しまれて「おもかげのひかふる方をかへりみ給ふ」が、再婚後は過去を浅ましく思い、巫女の口から「わが身のことは重ねておぼしめし出し候ふまじ。御心にかけ給ふ露の御心も残り候はば猫殿をかけて参らせん」と言い放つ。両系統間の姫君の変容は『鼠の草子』という物語の軌跡とも考えられる。

　本書はサントリー美術館本等とは異なり、権頭を一貫して白鼠として描いた。祝言の座敷にも鼠顔の異類はいない。こうした小差からも、本書が怪婚譚よりも悲恋譚として一話を語ろうとした意識が看取されるのではなかろうか。

（齋藤真麻理）

【注】

（1）天理図書館善本叢書和書之部第八巻『古奈良絵本集』一、八木書店、一九七二年。沢井耐三『室町物語研究—絵巻・絵本への文学的アプローチ』三弥井書店、二〇一二年。

（2）桜井本は国文学研究資料館にマイクロフィルムを所蔵。センチュリー文化財団の断簡は同ホームページに画像を公開。龍澤彩「甲子園学院所蔵「鼠の草子絵巻」について」『金鯱叢書』三四—史学美術史論文集—、二〇〇八年三月。徳田和夫「ハーバード大学付属美術館蔵　白描『鼠の草子絵巻』について—付・翻刻—」『学習院女子大学紀要』一一、二〇〇九年三月。

（3）真鍋昌弘『中世近世歌謡の研究』桜楓社、一九八二年。出雲朝子「中世末期における東国方言の位相—『鼠の草子絵巻』の絵詞をめぐって—」『国語と国文学』平成七年一一月特集号、一九九五年一一月。齋藤真麻理『異類の歌合　室町の機智と学芸』吉川弘文館、二〇一四年。

（4）小林美和・冨安郁子「室町時代食文化資料としての『鼠の草子絵巻』その①—調理場面を中心として—」「室町時代食文化資料としての『鼠の草子絵巻』その②—料理と食材を中心として—」『帝塚山大学現代生活学部紀要』三・四、二〇〇七年二月・二〇〇八年二月。

（5）宮次男「御伽草子と土佐光信—鼠草紙絵巻考—」『美術研究』三一三、一九八〇年三月。

## 鼠の草子絵巻　別本

**装訂**　巻子装　一軸
**表紙**　改装後補の卍二重菱に丸竜文模様黄色絹表紙。見返しは雲形に金箔を散らす。
**料紙**　楮紙。裏打を施し、上下を裁断。一部に傷みあり。
**法量**　表紙は縦三一・六cm×横三四・五cm。本紙は縦二八・三cm。全長八m一七・五cm。一紙寸法はほぼ四六・五cm前後。
**外題等**　白絹単辺の題簽に「ねすみのさうし」と墨書。内題、奥書、識語等はない。
**箱書等**　本書を収める桐箱の蓋上部に「ねすみのそうし」と墨書した紙箋を貼付。
**書写年代**　〔江戸時代初期〕写

（請求記号九一三・五―イ一三三）

本書は「鼠の権頭の結婚式の座敷の風景が独立して残っている」本であり、喫煙風景や髪型などから制作年代はやや下ると指摘される（天理図書館善本叢書『古奈良絵本集』一）。冒頭と後半を欠き、祝言の座敷へ酒などを運ぶ場面から始まり、賑やかな台所風景の中に水くみや権頭の入浴、芸能の達者たちの参上、餅つきなどが描かれ、屏風を立て回した鼠の出産場面となる。続いて姫君や女房たちの寛ぐ座敷が描かれ、権頭は一夜の遊山に出かけたことが語られる。

諸本同様、鼠たちは擬人名を与えられ、室町小歌を歌い、会話に興じ、生き生きと働く。権頭の入浴や鼠の出産を描く点は先掲『鼠の草子絵巻』や桜井本等と等しいが、入浴場面には「まづ〳〵おかゑあがらしやれ。をが見へる。せうしや〳〵」という画中詞が加えられ、権頭の財力等よりも、正体を隠し切れない滑稽味が強調される（一四六頁）。

本書には江戸時代初期から流行した風俗が散見し、短い煙管による喫煙風景が印象的である。鼠たちは台所で一服、「そこもとにてはたばこまいらぬか」と声をかけ、汁を調味する間も煙管を手放さない（一四一頁）。煙管を手に「きう八」を労い（一四三頁）、「御いわゐも大方、かみか、たばこにて御ざあるべく候」と期待する（一四七頁）。御米俵の帳面を傍らに算盤をはじく春屋奉行たちも愛煙家であった。帳面の表紙には「子月日」と書かれており、彼らは米の請取記録を付け落とすまいと努めている（一五四頁）。出産の介助を終えた鼠は、赤子を前に悠々と煙管をふかす（一五六頁）。姫君の前にも、丸盆形の煙草盆と煙管が置かれている（一五七頁）。

煙草が舶載された年紀は定かでないが、比較的古い文献として慶長十四年（一六〇九）十二月写『煙草説』一軸が知られる。[(1)] 煙草は薬と考えられ、大いに流行したといい、「是を酒に當れば奈良天野もその美味をうしなひ、是を茶に當れば宇治とがのおもその滋味を奪る」ほど、遊宴の貴重な嗜好品ともなった。薬効の噂を鵜呑みにし、猛烈な愛煙家となった「はやりくすし」もいた（『慶長見聞集』巻一）。作物のかわりに煙草を栽培する者が続出したため、幕府はたびたび厳しい禁制を出したが（『御当家令条』第三十二・四五一「條々」『近世法制史料叢書』二、創文社、一九五九年複刊訂正）、寛永期から徐々に緩和され、元禄末には煙草栽培も認められたという。

こうした世情を反映し、遊楽図や美人画など、近世初期風俗画には喫煙風俗が頻出するようになる（『近世初期風俗画　躍動と快楽』たばこと塩の博物館、二〇〇八年）。初期には先が湾曲した「河骨形」と呼ばれる長い煙管が多いが、次第に携帯用の短い煙管へ移行する。本書が描くのはこの短い煙管である。寛永十六年（一六三九）から正保三年（一六四六）頃の景観と思しい弘経寺本

「東山遊楽図」では清水寺の仁王門脇に男たちが短い煙管を並べ、煙草販売に余念がない。(2)『鼠の草子絵巻別本』が挿絵に織り交ぜた喫煙風俗は、このような時代の表象を取り込んだとみてよい。

本書と近世初期風俗画との共通性は、「寛文美人図」に酷似する女鼠の姿にも見出せる（一四五頁）。この美人図は寛永から寛文期に流行した風俗画であり、美人ひとりが左手を袖の中に隠して右手で褄を取り、前方を見つめる立ち姿が多く、後に浮世絵へと展開してゆくが、本書の女鼠の挙措はこれと等しい(3)（挿図）。末尾の挿絵では、屏風を背に座す姫君の前に、肩までの黒髪姿の少女が茶を捧げている。その姿は近世初期風俗画に数多く描かれた禿と近しく、一場面はいわゆる邸内遊楽図さながらである。屏風の陰に「目口乾き」の噂好きのうばが身を潜め、権頭の正体を疑問視するのも新たな趣向である。

東京国立博物館蔵
「美人一人立図（縁先美人図）」全図
Image: TNM Image Archives

本書挿絵（145頁）

また、汁の調理に用いられた「たかさこやのみそ」も目を引く（一四一頁）。これは先掲『鼠の草子絵巻』等には見えないが、味噌桶の色彩を信じれば白味噌か。高砂屋は「白味噌はみたけ屋、高砂屋流の白味噌」（延宝二年［一六七四］刊『江戸料理集』「本汁の部」）、「駒形堂の鯉を高砂屋が味噌にて吸物にし」（『紫の一本』巻四）など、江戸に名の通った味噌屋であった。貞享元年（一六八四）刊『好色二代男』巻二「大臣北国落」には「高砂屋の白味噌」と見え、挿絵では「寛文美人図」風の美人画などを八幅かけ、絵解きを行っている。『鼠の草子絵巻別本』は名品「高砂屋の味噌」を引き、鼠の祝言に花を添えたのであろう。さらに本書には「煎文字」「おひや」等の女房詞が見られ、前者は画中詞に「このせんもじはあべちやなるが、ふうみよくこれなく候」という。煎茶をさす女房詞「煎文字」は実際に使われている（東北大学蔵『女房躾書』。国立国会図書館蔵、元禄五年［一六九二］奥書『女中詞』）。安倍茶は徳川家ゆかりの駿河名産の煎茶であり、これもやはり徳川の世らしい工夫であった。『西鶴諸国ばなし』巻五「恋の出見世」には「安部茶問屋」が登場する。

室町物語の絵と詞がどのように時代の好尚を摂取していったのか、本書はその一端を垣間見せてくれる興味深い伝本である。

（齋藤真麻理）

【注】

（1）八条宮智仁親王著、宮内庁書陵部蔵。国文学研究資料館より画像公開（https://doi.org/10.20730/100232843）。『鼠の草子』所見の酒「あまのがは」を摂津の天野酒と見る説もある（沢井耐三『室町物語研究』三弥井書店、二〇一二年）。なお、沢井氏は本書の制作を貞享・元禄に近い頃とする。

（2）畑麗「研究資料　弘経寺本東山遊楽図について」『国華』一三五三、二〇〇八年七月。

（3）江戸時代前期に量産された奈良絵本・絵巻の挿絵には、同様の挙措が散見する。拙稿「鼠の祝言―視覚文化の中の御伽草子―」『アメリカに渡った物語絵　絵巻・屏風・絵本』ぺりかん社、二〇一三年。

# やひやうゐねずみ

**装訂**　袋綴　下一冊
**表紙**　原装は打曇り、その上に栗皮色表紙を後補。
**料紙**　鳥の子紙
**法量**　縦一六・八cm×横二四・二cm
**外題**　後補表紙中央題簽「画入御伽双紙　やひやうゐねすみ」、元表紙中央に題簽欠落跡。
**内題**　なし
**墨付**　一七丁
**行数**　半葉一三行
**字高**　約一三・五cm
**挿絵**　半丁五図、見開一図。
**印記**　「紫景文庫」
**書写年代**　〔江戸時代初期〕写



「やひやうゐねずみ」は、一般的には、「弥兵衛鼠」と表記される。『鼠の草子』等と同じく御伽草子に分類されている。本書は上冊を欠いているが、他本で本文を補い、その内容を記すと、以下のようになる。

（上巻）東寺の塔に住む白鼠に、弥兵衛という文武二道の名人がいた。近くの野鼠の姫を嫁に取ることにし、鼠の嫁入り行列が行われた。二人は深く契りを交わし、多くの若君姫君が生まれた。ある日、北の方は病気になり、雁の右の羽交いの身が食べたいと言う。弥兵衛は雁を捕まえようとするが、反対に雁に飛び連れ去られて、常磐の国まで行ってしまう。

（下巻）そこでは野鼠の助言を受け、さらには猿姫御前の教えに従って道を進み、左衛門殿の家に住むことになる。左衛門殿は福鼠として弥兵衛を敬い、食事も与えられたので、弥兵衛は安心して過ごすことになる。やがて左衛門殿のはからいにより、弥兵衛は都に戻ることになり、その後、弥兵衛一家は繁盛する。

本物語は、鼠を擬人化した異類物に属する。鼠を主人公とする御伽草子は数多いが、いずれも、鼠の嫁入り行列や、食卓風景等が生き生きと描かれている。『鼠の草子』のように、明らかに室町時代に書写された本がある場合には、室町時代成立と言えるが、鼠を主人公とする御伽草子には、『鶏鼠物語』のように、本文に江戸時代の年号が記されていることから江戸時代になって成立した作品も存在する。

『弥兵衛鼠』の場合も、動物を主人公とする御伽草子によくある内容であることから、『日本古典文学大辞典』第六巻（岩波書店、一九八五年）や『お伽草子事典』（東京堂出版、二〇〇二年）等では室町時代成立とされているが、諸伝本を見ても、室町時代までさかのぼれるものは、今のところ見出せない。江戸時代初期制作と思われる伝本が多いことから、江戸時代初期までには成立した作品と見るのが穏当な判断であろう。

『弥兵衛鼠』は、その内容のおもしろさから、既にさまざまな研究がなされている。挿絵の部分に文字が入り込む、いわゆる画中詞の問題[1]や、行列、宴会の場面のおもしろさも論じられてもいる[2]が、鼠を中心とする異類物の歴史の中でどのような位置にあるかの考察や、それぞれの伝本の挿絵の比較考察も今後の重要な課題となるであろう。現在のところ、『弥兵衛鼠』の伝本は、天理本以外に、以下の四本が知られている。

慶應義塾図書館蔵　小絵巻　一軸　（新潮日本古典集成『御伽草子集』、一九八〇年　等）
ニューヨーク公共図書館蔵　絵巻　一軸（奈良絵本国際研究会議編『在外奈良絵本』、一九八一年）
フォッグ美術館蔵　奈良絵本　一冊　（奈良絵本国際研究会議編『在外奈良絵本』、一九八一年）
大阪青山短期大学蔵　奈良絵本　二冊　（大阪青山短期大学国文科編『御伽草子集』、一九九六年）

いずれも、奈良絵本としてのレベルが高いものばかりで、（　）内に示したように、既に写真版による挿絵部分を含めた全文の紹介がなされている。

ここで、天理本とかなり近い関係にある、フォッグ美術館蔵本（以下、フォッグ本）と大阪青山短期大学蔵本（以下、大阪青山本）との比較をしてみよう。これらは同じ江戸時代初期に制作されたと思われる横型奈良絵本で、頁替わりの位置や挿絵の構図もかなり近い。

大阪青山本は、挿絵の下地を金にする等、奈良絵本としてのタイプには多少の違いが見られるが、天理本と同じく二冊本である。これは奈良絵本や絵巻にはよくあることであるが、同じ作品で同じ二冊本や三冊本であっても、その本文や挿絵の切れ目は違うことの方が多い。天理本と大阪青山本の場合も、同じ下冊同士を較べても、その冒頭は異なっている。しかしながら、本文も挿絵も両者は相当な類似が見られるのである。

ここで、天理本の冒頭部と末尾、すなわち、下巻の冒頭部分と末尾を、大阪青山本の該当箇所と並べて比較してみよう。

天理本
（冒頭）さても、やひやうゑ殿は、「此まゝ、のねすみになりても、いかゝせん。ちと、人さとへいてはや」とおほしめし、ありき給へは、いつくともなく、いとかしこきねすみ、いてきたる。
（末尾）又、ときはのくにの三郎殿は、中納言になりたまひ、めてたきためしにそ、申ける。「せめて、け一すち、あやかりたや」と、うらやまぬ人こそなかりけれ。はるのはしめに、まつこれを見る事成り。

大阪青山本
（冒頭）さても、やひやうゑとのは、「野ねすみになりても、いかゝせん。ちと、人里へ出はや」とおほしめし、ありき給へは、いつくともなく、いとかしこきねすみ、出たり。
（末尾）又、ときはの三郎殿は、中納言になり給ひて、めてたきためしにそ、申ける。「せめて、け一すち、あやかりたや」と、うらやまぬ人はなし。

大阪青山本では、末尾の一文がないが、これは取捨可能な内容である。平仮名・漢字の違いは存在しても、両者は本文上、かなり近い関係にある。もちろん、それ以外の伝本も大差ない本文を有しているのではあるが、特に挿絵の場面は、大阪青山本と重なることが多いのである。

一方で、フォッグ本は、より天理本に近い作品と言うことが出来よう。フォッグ本は一冊本であり、天理本に相当するのは、第一三丁目裏の途中からであるのだが、その本文は、大阪青山本に欠けていた最後の一文が存在していることから、より近いことが分かる。挿絵については、構図ばかりではなく、特に上部に霞を描かないといった、奈良絵本としての珍しい特徴が一致していることからも、両者の関係は明らかであろう。

本文の筆跡については、天理本、フォッグ本、大阪青山本の三本は、それぞれに異なっている。お互いがかなり近い時代に、近い環境で制作されたことは理解できるが、簡単に前後関係が判断できるまでには至っていない。

これまでのところ、『弥兵衛鼠』は、寛文延宝頃に城殿や小泉といった絵草紙屋によって大量に制作された絵巻や縦型奈良絵本の類が出現していない。奈良絵本や絵巻は、基本的には制作者名を出すことはないのであるが、いくつかの絵巻や奈良絵本に見られる印記の名前が、城殿や小泉なのである。(3) いずれもかなり豪華な作品に押されていることから、富裕層を対象とした受注制作を行う存在であったと思われる。

『弥兵衛鼠』の奈良絵本の制作グループは、おそらく組織的には、城殿や小泉等の寛文延宝期の制作グループとは異なるのであろう。もちろん、この寛文延宝頃に制作された絵巻や奈良絵本が存在しないのは、『鼠の草子』も同じであり、わずかな時代の差でありながら、好まれる題材の違いを感じさせるのである。制作時代はかなり近いことから、絵草紙屋による制作作品の違い、といったこともあったかもしれない。

『弥兵衛鼠』は、類似の奈良絵本や絵巻が少なくとも五本は存在しているのであるから、おそらくは、大名家等の富裕層が当時の絵草紙屋に注文をして作らせたのであろう。鼠の話は一家繁盛に繋がるので、大名家の嫁入り道具になっていてもおかしくはない。奈良絵本が嫁入り道具として一番多く制作されたのは寛文延宝期であろうが、その直前の江戸時代初期においても、そのようなことは既に行われていたと考えるべきであろう。その内容や挿絵のおもしろさばかりではなく、『弥兵衛鼠』は、江戸時代初期制作の奈良絵本を考える上でも、とても良い例となるのである。

（石川透）

【注】

（1）徳田和夫「『弥兵衛鼠』の絵詞歌謡」（『お伽草子研究』三弥井書店、一九八八年）

（2）松浪久子「御伽草子『弥兵衛鼠の世界』」（『大阪青山短大国文』一二、一九九六年）

松浪久子「御伽草子『弥兵衛鼠』の地理的世界」（『大阪青山短大国文』一七、二〇〇一年）

（3）石川透『奈良絵本・絵巻の展開』（三弥井書店、二〇〇九年）

新天理図書館善本叢書 第23巻　奈良絵本集 一

2018年12月24日　初版発行　　定価（本体33,000円＋税）

編 集　天理大学附属 天 理 図 書 館
代表 東 井 光 則
〒632-8577 奈良県天理市杣之内町1050

刊 行　(学) 天 理 大 学 出 版 部
代表 前 川 喜 太 郎

製 作　株式会社 八木書店古書出版部
代表 八 木 乾 二
〒101-0052 東京都千代田区神田小川町3-8
電話 03-3291-2969（編集）-6300（FAX）

発 売　株式会社 八 木 書 店
〒101-0052 東京都千代田区神田小川町3-8
電話 03-3291-2961（営業）-6300（FAX）
https://catalogue.books-yagi.co.jp/
E-mail pub@books-yagi.co.jp

製版・印刷 天理時報社
製　　本 博 勝 堂

ISBN978-4-8406-9573-2　第4期第1回配本